JN061446

お嬢様は普通の人生を送ってみたい

目次

お嬢様は普通の人生を送ってみたい

一

ここはオフィスビルが建ち並ぶ街の一角にある、電子部品、音響機器などを製作する電器メーカーの自社ビル。

この春入社したばかりの私——新行内涼歩（しんぎょうちすずほ）は、午前の新人研修を終えて席を立とうとしたところ、隣にいた同期の女性に声をかけられた。

「新行内さん、一緒にお昼行かない？」

「あ、はい！　行きましょう」

声をかけてくれたのは釜屋（かまや）さんという、私と同じ二十二歳の女性。ここ数日、顔を合わせる度に隣に座り、一緒に研修を受けている。

入社式で隣だった彼女は、私と同じく女子大出身だったこともあって意気投合。この会社に入って初めて会話を交わした女性である。

「新行内さん、お昼何にする？　私は昨日和定食だったから、今日は違うものにしようかな」

「私は昨日パスタだったから、今日はお肉にしようと思います」

「へえ。新行内さん、お肉好きなの？」

「わりと好きです……」

他愛ない会話をしながら、私と釜屋さんは人が続々と吸い込まれていく社員食堂へ移動する。

この会社の社員食堂は、値段がとてもリーズナブルで、味も美味しい。しかも、社員が首から提げている社員証で購入ができて、料金は給料から自動に引かれる仕組みだ。

今日のランチはAが中華、Bが和食、Cがイタリアン。

トレーを持って列に並び、カウンターでAランチを注文する。すぐに、食堂のスタッフが慣れた手さばきでトレーの上に料理のお皿を置いていってくれた。

ちなみに今日のAランチのメインは、油淋鶏。

「新行内さんの美味しそうね。私もAにすればよかったかな～」

そう言いながら私の手元を覗き込む釜屋さんは、Cのカルボナーラを選んだようだ。

広々とした食堂の中から空いている窓側の席を選び、釜屋さんと向かい合わせで座る。背中の真ん中まである長いストレートの髪をシュシュで結ぶと、手を合わせ食事を始めた。

私がスープの器に手を伸ばすのと同時に、釜屋さんが口を開く。

「最近、ようやく会社にも研修にも慣れてきた感じがするよ。新行内さんはどう？　慣れた？」

「そうですね～。今のところOJT担当の先輩も優しい方ばかりなので、あまり不安に思うこともなくきてるかなって感じです」

すると釜屋さんが、ちらっと周囲を確認してから身を乗り出す。

「この会社、昔は新人研修がすごく厳しかったらしいよ。でも今の時代、あんまり厳しくするとせっかく入った新社員がすぐ辞めちゃうから、最近はゆっくり仕事を覚えてもらう方向にシフトチエンジしたらしいって、他の子が話してるの聞いちゃった」

「そ、そうなんですね……私としては、その方がすごくありがたいですけど……」

「私も……」

小声で教えてくれた釜屋さんと二人で、しみじみと頷く。

「もうすぐ研修も終わりだし、その後どこに配属されるか分かんないんだよね」

姿勢を戻し、フォークでくるくるとパスタを巻きながら、釜屋さんがため息をついた。

「そうですねえ。でも、どこに配属されても、頑張ることに変わりはないですし」

「違う部署になっても、たまには一緒にランチしようね？」

「はい、ぜひ！」

こんな風に言ってもらえることが素直に嬉しくて、私の顔に笑みが浮かぶ。そのまま鶏肉(とりにく)を口に運んでもぐもぐ食べていると、私をじーっと眺める釜屋さんの視線に気づく。

「……？　あの、何か……？」

「ううん、なんか……新行内さんて良い子だなあって。言葉遣いとかすごく丁寧じゃない？　姿勢もいいし、お箸(はし)の遣い方も綺麗だよね。きっと親御さんが、ちゃんとした方なんだろうなって」

「……えっ!?」

親の話題を出された瞬間、思わず体が震えた。

「そ、そんなことはないですよ……わりと滅茶苦茶っていうか、一般的ではないといいますか……」

必死に取り繕う私に、釜屋さんが不思議そうな顔で首を傾げた。

「滅茶苦茶……？　でも、あの新行内家の遠縁にあたるんでしょう？　それだけでも、へえ～!!　って思ったけどね」

釜屋さんがニコッとして、フォークでパスタをくるくる巻く。それを笑顔で見つめながら、私は背中につつーっと嫌な汗が流れるのを感じていた。

「……は、はい……すっごく遠いんですけど……一応……」

新行内家――それは、おそらくこの国で知らない人はいないであろう、超有名な一族の名前だ。世界的な有名企業を数多く持ち、財界だけでなく、政界にも著名人を何人も輩出している名家である。

そして、何を隠そう私は、その新行内家の現当主、新行内源嗣の一人娘なのである。

――ごめんなさい、釜屋さん。私、遠いどころかど真ん中なんです……

目の前でにこにこと微笑む同期に、申し訳ない気持ちでいっぱいになりながら、私はこの会社に入るまでの経緯を思い返す。

新行内家の一人娘として生まれた私の周囲には、常に人がいるのが当たり前だった。それというのも、私がまだ小さい頃、家政婦として家に出入りしていた女性に誘拐されかけた、という事件があったせいだ。

運良く、私を家から連れ出そうとする家政婦に周囲が気づき、誘拐は未然に防ぐことができたものの、それ以来両親は私のことを必要以上に心配するようになってしまった。

だから私は、小学校から大学に至るまで、とにかくセキュリティのしっかりした、いわゆるお嬢様学校と呼ばれる環境で過ごすことになったのだ。しかも、両親が学校への寄付を上乗せし、セキュリティ面を強化させたという話まであるくらいで。

おまけに、このネットで検索すればなんでも分かってしまう世の中にありながら、私のことは公(おおやけ)にはされていないという徹底ぶり。

家の力を使って情報を操作していると、父から聞いた時は心底驚いたものだ。

そんな生活が当たり前となりつつあった中学生の頃、私の意識が変わる出来事が起こった。それまでずっと仲良くしていたクラスメイトの実家が、倒産してしまったのだ。

私はその子と仲が良かったし、彼女のことが心配でたまらなかった。なのに、クラスメイトの大半は、彼女の実家の事情が分かった途端、態度をガラリと変えたのだ。

――○○さん、今度公立の中学校に転校されるらしいわよ。

――そりゃそうよ、○○さんのお家には、もうここの学費は払えませんものねえ……

挙げ句の果てには、落ち込む彼女に声をかけようとした私を『声をかけない方がよろしいですわ。今や彼女と涼歩様では、天と地ほども立場が違うのですから』と言って、側に近づかせてもくれなかったのだ。

結局その子は、しばらくして転校してしまった。しかしクラスメイト達は、彼女など最初からいなかったかのように振る舞った。それがショックだった。

その時思ったのだ。

もし、家の事業が失敗したのが私だったら、どうなっていただろう、と。

――絶対ない、なんて言い切れない。

私だって、ある日突然、彼女のような立場に立たされるかもしれないのだ。だとしたら、今みたいに甘やかされ、守られるだけの状況に身を任せていてはだめなのではないか……

そう思った私は、不測の事態に備え、自分にできることを必死に調べ、勉強した。そして、高校在学中に取れる資格をできるだけ取った。

その上で、大学進学の際、このままエスカレーター式に大学部へ行くのではなく、社会勉強を兼ねて外部の大学を受け直したい、と両親に相談した。

だが結果は……あっけなく却下された。

親の金で勉強しているうちは、親の言うことを聞きなさいと言われ、確かにそれも一理あると納得した。でも、私は諦めなかった。

就職先を決める際、私は改めて、両親に新行内とは関係のない会社に応募して就職試験を受けたいこと、採用されたら家を出て一人暮らししたいことをお願いした。

私の願いは、もちろん猛反対された。新行内の一人娘が一人で住むなんてとんでもない、と。

でも、もしここで、また親の言う通りに就職したら、私が家を出て社会勉強をするチャンスは、きっと一生巡ってこないだろう。それどころか、就職してすぐに結婚相手を紹介され、寿退社することになりそうだ。

――そんなの、絶対イヤ!!

だから私は、来る日も来る日も両親を説得し続けた。せめて五年、さもなくば三年だけでいいと、諦めることなく説得した。

やがて、私の熱意が通じたのか、はたまた説得は無理だと諦めたのか……両親はいくつかの条件をつける形で、私の独り立ちを承諾してくれた。

その条件のうち、私にとって一番大きな意味を持つものがこれだ。

【新行内家の一人娘であることがバレたら、速やかに会社へ退職届を提出し家に戻ること】

この条件について、最初軽く捉えていたことは否めない。

だけど社会に出て初めて、「新行内」という名の持つ影響力の大きさを、身をもって理解することになったのだ。

「……新行内さん？　どうかした？」

思わず物思いに沈んでいた私に、釜屋さんが心配そうに声をかけてくる。

「あっ、ううん！　なんでもないです！」

私は笑顔で誤魔化して、再び食事に戻ったのだった。

今日の研修を終えた私が、電車とバスを一時間ほど乗り継いで向かった先は、築二十年になるワンルームマンション。その三階にある六畳一間の小さな部屋が私のお城だ。

「ただいま帰りました」

玄関でパンプスを脱ぎながら、独り言のつもりで言った声に、「お帰りなさいませ」と返事があってギョッとする。聞き慣れた声と、狭い玄関の端っこにきっちりと揃えられたピカピカの革靴を見て、声の主がすぐに分かった。

「秀一郎（しゅういちろう）」

「はい」

六畳ほどの部屋の中心に置かれた小さなテーブルの前で、きちんと正座しているスーツ姿のグレイヘアーの男性は轟木（とどろき）秀一郎。御年（おんとし）七十歳になる彼は、我が新行内家に長年仕えている執事である。

多忙な両親に代わり、子供の頃からいつも側にいてくれた秀一郎は、私からすればもはや家族も同然の存在だ。

しかし、いくら家族同然といえども、こうして留守中に部屋に上がり込まれてはたまらない。

「はい、じゃない。また私がいない間に勝手に入って！　せめて連絡してからにしてって、この前言ったじゃない！」

声を荒らげる私に、秀一郎は涼しい顔で「しましたよ」と私の方を向く。

「涼歩様の帰宅時間に合わせて手土産（てみやげ）を調達し、向かう直前に電話しましたよ。でもいくら電話を鳴らしても出ていただけなかったので、仕方なく先に上がらせてもらいました」

「えっ？　電話？」

秀一郎に言われて慌ててバッグの中のスマホを確認する。すると確かにえげつないくらい着信履歴があった。

——しまった……スマホ、サイレントに切り替えたままだった……

「ご、ごめん……着信音切ってた」

「だと思いました。まったく……涼歩様らしい」

呆れ顔の秀一郎は、目の前に置かれた湯呑みを手に取り、ずずと啜る。どうやら私を待ちながら、一人でお茶を飲んでいたようだ。

そんな彼を横目で見ながら、手にしていたバッグをクローゼットに入れ、洗面所で手を洗ってうがいをした私は、改めて秀一郎と向かい合う。

「さて。今日もお仕事お疲れ様でした。何か変わったことなどはありませんでしたか？」

秀一郎はちょくちょく訪ねて来ては、近況を聞いてくる。それもこれも、新行内家当主の娘であることがバレていないか、会社でご迷惑をかけていないかをチェックするためだ。

少しでも怪しいところがあれば家に連れ戻す、という父からの命令らしい。

「……今日も無事に与えられたお仕事をして参りました。他には何もありません。報告は以上です」

「それは結構でした。しかし、この部屋の狭さ、どうにも慣れませんね……。やはり旦那様に相談して、もっと広くてセキュリティのしっかりしたところに移った方がいいのではないですか？」

周囲をキョロキョロした後、秀一郎が眉をひそめる。

「何言ってるの、一人で住むには充分な広さじゃない！　私は、このお部屋がとっても気に入ってるの」

独り立ちをすると啖呵(たんか)を切った以上、親の力を借りるつもりはなかった。

このマンションだって、会社からは少し距離があるけれど、自分の給料で借りられる中では一番いい物件だ。大家さんが女性というのも嬉しいし、リフォームしたてで部屋が綺麗なのも気に入っている。

それにセキュリティだって、マンションの入口はオートロックで住人以外は入れないようになっているし、周辺は住宅街で治安も悪くない。

住んで二ヶ月になるが、今のところなんの問題も感じていなかった。

だけど秀一郎は、ここに来る度に、今の私の生活について不満を漏らす。

「それでもですよ。新行内家の一人娘が、このような狭い部屋に護衛もつけず一人暮らしなんて、私は心配で心配で夜も眠れず……」

「やめてよ。大袈裟(おおげさ)だから。せっかくもうすぐ研修期間も終えて、晴れて正社員になれるっていうのに」

自分の湯呑みを持ってきて、秀一郎があらかじめ沸かしておいてくれたお湯でお茶を淹れる。そんな私を見て、秀一郎がはあ、とため息をついた。

「正社員ですか……問題なくやれているようで何よりですが、本当に大丈夫なのですか？　私はそれが気がかりで、涼歩様が家を出てから胃の調子が……」

胃の辺りを押さえて苦しげな顔をする秀一郎につられ、私もため息をついた。

「そんなに心配しなくたって大丈夫よ！　新行内という名前でも、こっちが堂々とあの新行内とは関係ないって否定したら、意外とすんなり信じてくれるものよ」

確かに就職活動中や就職してからも、新行内の名を見ると眉をひそめる人は多かった。でも、私がきっぱり否定すると、そうだよね、そんな人がこんなところにいるわけないよね、という空気に変わり、それ以降家のことを聞かれることはなかった。

堂々としていれば、余計な詮索(せんさく)はされない、ということを入社後の二ヶ月でよくよく思い知った。

「はあ、そういうものでしょうか……私には分かりかねますがね」

私の言ったことに首を傾げつつ、ため息をついた秀一郎がお茶を啜(すす)る。

「啓矢(けいや)様も心配なさってましたよ。箱入り娘であるあなたが一人暮らしなど、本当に大丈夫なのかって」

「知ってます。定期的に連絡が来てますから」

これには私も、はあ~とため息をつかざるを得ない。

啓矢というのは私の父方の従兄弟(いとこ)である。父の弟の長男である啓矢は二つ年上で、一人っ子の私とよく一緒に遊んでくれた気のいい相手だ。

その啓矢も、やはり私が家を出ることに猛反対した一人で、いまだに家に戻れという説得が続いている。家を出て二ヶ月になるのだから、もうそろそろ諦めてもらいたい。

「とにかく、私は今、初めて自分の力で頑張っているの。心配なのも分かるけど、この経験は今後の私の人生に必要なことだと思うし……。だから、父と約束した三年は、どうか何も言わず見守っていてほしいの。お願いします！」

そう言って、私は正座して床に手をつき、深く頭を下げる。すると、目の前の秀一郎が静かに立ち上がった気配がした。

「分かりました。ですが、困ったことが起きたら、すぐに連絡してください。涼歩様に何かあったら、それこそ内輪の問題では済まされませんから。そこのところ、よく承知しておいてくださいよ」

真剣な表情で告げられた秀一郎の言葉は、ものすごく重い。それが分かっているからこそ、私は腿の上の手をぎゅっと強く握りしめる。

「……はい……分かってます……」

「それなら結構。では、私はお暇いたします。冷蔵庫に涼歩様の大好きなフルーツパーラーのケーキが入っておりますよ。本日中に召し上がってください」

「えっ、ケーキ!?　ありがとう、秀一郎！」

「いいえ。今日もお仕事お疲れ様でした。早くお休みになりますように」

そう言って、秀一郎は静かに部屋を出ていった。

秀一郎がいなくなってすぐ、私はいそいそと冷蔵庫の中をチェックする。そこには、子供の頃からよく行くフルーツパーラーの、イチゴをふんだんに使ったショートケーキが入っていた。

――わー、嬉しい……!!　秀一郎、ありがとう……!!

実家を出て以来、たまに会えばお小言ばかりの秀一郎だけど、毎回こうやって私の好きなものを買ってきてくれる。

一緒にいる時はなかなか気づけなかったけど、一人暮らしをするようになってから、秀一郎のそんな優しさがダイレクトに身に沁みた。

私が一人暮らしをすることで、秀一郎や両親、従兄弟（いとこ）の啓矢にすごく心配をかけている。わがままを通している自覚がある分、今まで以上に気を引き締めなければ。

——うん、頑張ろう。

私は大好きなケーキを見つめ、決意を新たにしたのだった。

二

晴れて研修期間を終えた私達、新入社員は、各部署に配属されることになった。

私の配属先は営業部で、釜屋さんはマーケティング部。一緒でないのが少し残念だけど、お互い違う部署で頑張ろう、と励（はげ）まし合った。

そうして迎えた配属初日。緊張しながら事前に伺（うかが）っていた担当者の元へ行くと、早速部署の社員に挨拶（あいさつ）をする流れになった。

「今日から営業部に配属になった新行内さんです」

「新行内涼歩です。よろしくお願いいたします」

そう言って頭を下げると、部署の皆さんが拍手で迎えてくれて、少しだけ緊張が和（やわ）らいだ。そんな中、微かに「新行内って……」という声が聞こえたような気がしたが、私は笑顔でスルーした。

新行内家のお嬢様ではない私個人を評価してもらえる機会は、きっと今しかない。だからこそ、私はこの限られた時間の中で、できることを精一杯やりたいのだ。そのためにも、細かいことをいちいち気にしている時間はない。

——名前を呼ばれる度にビクビクしてたら、かえって怪(あや)しまれるだけだもの。

私をみんなに紹介してくれた部長が、誰かを探すように辺りを見回す。

「じゃあ、君に付いてもらう社員だけど……秋川(あきかわ)」

名前を呼ばれ、すぐに「はい」と返事をした男性が私に近づいてきた……のだが、その容姿に思いがけず目が釘付けになる。

清潔感のある短めの黒髪に整った顔立ち。細身で長身の彼は、まごうことなき美形と呼ばれる類(たぐい)の男性だ。

「営業主任の秋川です。どうぞよろしく。これから新行内さんには、俺の補佐に付いて営業部の仕事を覚えていってもらいます」

秋川と呼ばれた男性は、私と視線を合わせて、にこりと微笑んだ。

これまで身近に接してこなかった美形男性の笑顔に面食らいつつ、私は深々と頭を下げた。

「は、はい。よろしくお願いいたします」

「じゃ、席に案内するから、こっちに来てください」

「はい」

スタスタと歩いていく秋川主任の後を、私は周囲の人達に頭を下げながらついていった。

「新行内さんの席はここね」

秋川主任が示したデスクに、私は持っていた荷物を置き、ゆっくりと椅子に腰を下ろす。

――わあ、これが私のデスク……すごく嬉しい……

正社員になった喜びに打ち震えていると、私の隣の席に秋川主任が座った。

「俺の席は隣なんで、何かあれば遠慮なく声をかけてください」

「はい。お世話になります」

まだ緊張でぎこちない返事をした私に、秋川主任はフッ、と笑みを漏らす。

「初々(ういうい)しいな」

そう言って微笑む秋川主任の笑顔がものすごく爽(さわ)やかで、私の胸がドキッと小さく跳ねた。

――なんて綺麗なお顔……これがきっと、イケメンという男性なのだわ……

なんせ幼稚園からずーっと女子校育ちで、家族以外の男性にほとんど免疫のない私。

経験のない、ある意味事件ともいえるこの状況に、私は秋川主任の顔を見つめたまま硬直する。

そんな私に気づいた秋川主任が、表情を曇らせた。

「……どうした？　大丈夫？」

「あっ！　はい。大丈夫です!!」

声をかけられて、慌てて秋川主任から視線を逸らした。そんな私に、主任が「それならいいけど」と言いながら、再び微笑む。

「部署の雰囲気とか、仕事に慣れるまでは大変だと思うけど、最初は誰でも戸惑うし、失敗もするものだから。困ったら一人で悩まず、必ず相談してください。もちろん俺じゃなくても、部署の先輩社員なら誰に声をかけてくれても大丈夫です」

とても優しい声音と、爽やかな笑顔に、ついぽーっとなりかけて、慌てて気を引き締めた。

「……はいっ。分かりました。お気遣いありがとうございます」

「うん。じゃあ、まずは新行内さんがやることを、順を追って説明していきます」

「はい、よろしくお願いします」

私のデスクに椅子を近づけ、パソコンを立ち上げた秋川主任が、ゆっくりと仕事内容について説明してくれた。

分からないことに関してその都度質問をすると、秋川主任は変わらぬ優しいトーンで、私がちゃんと理解するまで根気よく説明してくれる。

一通りの説明を終え、ある程度のノルマを私に課すと、彼は会議があるといって席を立った。

説明をしてくれている間、なんとしても一回で理解しなければといつも以上に集中していた結果、秋川主任の姿が見えなくなった途端、私の体から力が抜けた。

——ふう、緊張した……あんなイケメンさんの補佐っていうのも善し悪しだわ……でも、教えてもらったことが無駄にならないよう、頑張らなくては。

気持ちを新たに深呼吸した私は、与えられたノルマをこなすために、パソコンのモニターに向かったのだった。

営業部に配属になり、一週間が過ぎた。

私の仕事は、秋川主任の補佐をする営業事務だ。彼が受注を決めるごとに契約書を作成したり、発注書を作成し発注の手続きを行ったり、お客様に送る請求書を作成するのが主な業務になる。

まだ書類を作成する度に秋川主任の確認が必要だけど、なんとなく仕事の流れが掴めてきたような気がする。

と同時に、だんだんとこの部署内のことが見えてきた。

営業部の男女の比率はほぼ半々で、年齢は様々。営業担当の社員には基本補佐の事務員が付くのだが、秋川主任はこれまでほとんど補佐を必要としなかったのだとか。

現在三十一歳の秋川主任は、年齢的には中堅の営業担当社員だが、二十代で主任に昇格するときめき頭角を現し、月間の売上高トップを一年近くキープし社長賞を数回もらうほど優秀な人なのだと、近くの席に座る女性社員が教えてくれた。

それに加え、長身でスタイルも良く、整った顔立ちから女性人気も高いのよ、と耳打ちされる。

それに関しては、言われる前から私もなんとなく気づいていた。

毎日色合いの違うスーツを身に纏(まと)っている秋川主任は、腰の位置も高いし、おしりも小さくキュッと上がっていて本当にスタイルがいい。

私も実家にいる時は、秀一郎をはじめスーツを着た男性といつも接してきたけれど、秋川主任ほどスーツが似合う男性をこれまでに見たことがない。

それどころか、スーツ姿の男性に見惚れたのは、秋川主任が初めてだった。

そんな秋川主任は女性人気だけに留まらず、男性社員からの人望も厚いらしい。

私が秋川主任に指導を受けている時、声をかけてくる男性社員達は揃って『秋川は教え方が上手いから、こいつについていけば間違いない』と太鼓判を押していった。

しかし中には、『こいつ、とにかく女性に人気あるから、新行内さんやっかまれないように気をつけてね？』と、冗談めかして忠告され、返答に困ってしまうことも。

そんな時は、大抵横から秋川主任が会話に割り込み、『嘘だから。気にしないように』と、フォローしてくれた。

——でも、嘘ではないと思う。秋川主任、モテそうだもの。

そう内心で思っていた、ある日の昼。

同期の釜屋さんと、久しぶりにランチをご一緒することになった。

私と釜屋さんは、社員食堂のテーブルに向かい合わせに座り、お互い本日のAランチであるエビチリ定食を前に手を合わせる。

「それにしても、新行内さんが秋川主任の補佐になるなんて、びっくりした」

話し始めてすぐに彼女の口からその話題が出たことに驚き、つい箸を止めてしまった。

「あの。その情報をどこで聞いたのですか……？」

思わず尋ねると、釜屋さんがごくん、とご飯を呑み込んで教えてくれた。

「秋川主任って、社内ですごく人気あるみたいでね、私の部署の女性社員が噂話してたんだ。秋川さんに、新入社員の女の子が補佐に付いたらしい……って」

「そ、そうなんですか……やっぱり秋川主任の人気はすごいんですね。実は私も、何回か女性社員が秋川主任の噂話をしている場面に遭遇しました」

ある時、休憩時間に無料で飲めるコーヒーを淹れに行ったら、そこに集まっていた別部署の女性社員が秋川主任のことを話していた。また、社員食堂で食事をしている時も、度々女性社員の会話に秋川主任の名前が出てくるのを耳にした。

そうしたことから、彼がこの会社でかなり有名人であることがよく分かった。

「で、新行内さん。そんな有名人の下で働いている率直な感想は？　実際の秋川さんって、どんな感じ？」

食べる手を止め、釜屋さんが目をキラキラさせながら私に尋ねてくる。

どんな感じと聞かれて、ぼんやりと秋川主任を思い浮かべた。

「……実際の、ですか……？　そうですね……すごく優しく丁寧に指導してくださるので、秋川主任の補佐に付けてよかったなって思います」

頭の中に秋川主任の顔を思い浮かべた私は、これまでのことを思い出し、はあ～と深いため息をついた。

秋川主任に付いて仕事を教わっている私も、四六時中一緒にいるわけではない。というのも、人一倍お忙しい秋川主任は、ちょくちょく外出したり、会議で席を外すことが多いからだ。

なので主任が不在の間、私は教わったことをふまえて一人で黙々と作業をしているのだが……

やはりというか案の定というか、この一週間、何度も失敗をして秋川主任の手を煩わせてしまっていた。

昨日も、打ち込んだばかりのデータの保存を忘れてしまい、あまりの申し訳なさに地中深く埋まりたくなってしまった。

『本当に、申し訳ありませんでした……!!』

——私のバカ……!!　どんくさいにもほどがある……!!

私が頭を下げ小さくなっていると、『ちょっといい？』と言って、主任が私のパソコンの前に座って何やら作業をし始める。しばらくすると、モニターに消えたはずのデータが表示されていた。

『はい、これで元通り』

『え、あれ……？』

パソコンに疎い私は知らなかったのだが、どうやら自動保存機能があったらしく、消えたと思ったデータは消えていなかったのだそうだ。

『よ、よかった……消えていなくて!!　ありがとうございます』

胸に手を当て安堵しながら、主任にお礼を言うと、何故か『ごめんな』と謝られた。

『いや、自動保存のこと言ってなかった俺が悪かった。ごめんな、無駄に落ち込ませて』

どう考えても保存を忘れた私の方が悪いのに、こんな風に言ってくれるなんて。

——秋川さんって、なんていい人なんだろう……

秋川主任に感謝しつつ、忙しい彼の手を煩わせてしまったことに改めて落ち込んでしまった。

そのことを思い出し、またため息を零す。

「へえ……そうなんだ～。格好いいのに優しいなんて、そりゃ女性から人気出るわよね」

再び箸(はし)を動かし始めた釜屋さんに、私は激しく同意する。

「そうですね……世の中には、こんな素晴らしい男性がいらっしゃるのだと、衝撃を受けました」

「衝撃って……あ、そっか。新行内さん、女子校だったから、あんまり男性と接してこなかったのか。もしかして、男性が苦手だったりする？」

ぱくぱくエビチリのエビを口に運ぶ釜屋さんに尋ねられ、私は考える。

「苦手ではないのですが、これまで家族以外の男性とほとんど接することがなかったので。それに、お付き合いなどもしたことがないですし、なんとも……」

正直に話したら、釜屋さんが箸で摘(つ)まんだばかりのエビをぽろりと落とした。

「……えっ、ないの？　一回も？」

「はい」

「そ、そっか……それは確かに衝撃を受けるかもね……でも、秋川主任みたいな人、そうそういないから、ある意味、新行内さんはラッキーだったね」

「ラッキー、ですか」

「うん。あ、そうだ。そういえばね……」

すぐに釜屋さんから別の話題が振られる。だけど私の頭の中には、彼女の言った「ラッキー」という言葉が何故か消えずに残った。

——そっか、ラッキーなのか……

なんだかよく分からないけど、そう言われたら嬉しい。

思いがけず気分が上がったまま、釜屋さんとの楽しいランチタイムは続いたのだった。

ランチを終えた私が部署に戻ると、秋川主任から新製品の展示会について説明される。

「毎年、うちみたいなメーカーが、こぞって新製品を出品する展示会があるんだよ。今年は来週に社外の展示場でやるんだけど、できれば新行内さんにも手伝ってもらいたいんだ」

私は、秋川主任に渡された、概要の書かれたプリントに視線を落とす。我が社が開発・製造・販売している電子部品や、カーナビやスピーカー、それに近年本格的に参入したロボット掃除機などの新製品を展示し、従来の顧客以外にも広く商品をアピールする場となっているのだそうだ。

こういう場に行くことも勉強のうち。もちろん私に断るという選択肢はない。

「はい。分かりました」

「展示会の期間は来週の水曜日から土曜までだけど、そのうちの二日間、手伝いをお願いできる？普通に会社に来てくれれば、俺が一緒に会場に行くから」

「はい」

素直にこくりと頷くと、秋川主任は小さく頷き返して席を立った。それを見届けた私は、再びプリントに視線を落とす。そこで、裏面に参加企業の一覧が載っていることに気づいた。

——どんな企業が参加するんだろう。

何気なくその一覧に目を通していた私は、ある企業の名を目にした瞬間、小さく呻き声を上げてしまった。

「SGC電機株式会社」――私の実家、新行内家が経営する会社の一つである。

私が就職した会社は、実家の関連企業とは業種が違うので、すっかり気を抜いていたけれど、まさかこんな形で関わることになるとは。

――ど、どうしよ……これはマズいかもしれない……

うちが経営する会社の重役は、新行内の親族が多く、私とも顔を合わせる機会が多い。なので、世間一般には公にされていない私の顔も、もちろん知られている。

展示会で万が一、知り合いに遭遇することになったら……

私は、大企業の重役が、新入社員の私に声をかけてくる場面を想像して青くなる。そんなことになったら、周りにいる人は絶対私の素性を怪しむ。

――急いで何か対策を立てなければ！

展示会に行くまでの数日間、私はどうやって身バレを防ぐか、そのことばかり考えていた。

そして展示会当日。

出勤してきた私の姿を見て、秋川主任が「あれ？」と声を上げた。

「今日の新行内さん、いつもと雰囲気が違うね。髪型や服装もだけど、眼鏡してるからかな？」

「そ、そうですか？　今日は、上手くコンタクトが入らなかったので……」

笑顔でなんでもないふりをすると、秋川主任はそれ以上聞いてこなかったのでほっとする。

今日の私は、黒縁の眼鏡をかけ、いつも下ろしている長い髪を後頭部でお団子にしていた。服装も、普段スカートやキュロットが多いけど、かっちりとしたパンツスーツだ。

昨夜、秀一郎にもビデオ通話で確認してもらい、一見すると私とは分からない、とお墨付きをもらっていた。

心の中でよし、と拳（こぶし）を握りしめつつ、秋川主任がハンドルを握る車に乗り込んだ。そうして私は、もう一人の担当者と共に展示会が行われる会場に移動した。

会場となるのは、湾岸エリアにある大きなイベント会場で、こうした場所に来るのが初めての私は、目的を忘れて建物に見入ってしまった。

――ここがイベント会場……大きい……

展示する製品は事前に運び込まれているので、私達は直接ブースに移動し、来客の対応をするのが仕事だ。

関係者に配られた会場のマップで、ブースの位置を確認する。私が一番近づきたくない「ＳＧＣ電機」のブースとは、位置が離れていたのでとりあえず安心した。

でも、いつどこで誰と遭遇するか分からない以上、気は抜けない。

ブース内の製品やパンフレット、それにブースに来てくださった方に差し上げる販促品を確認しながら、周囲を窺（うかが）っていると、秋川主任が顔を覗（のぞ）き込んできた。

「新行内さん、大丈夫？　なんか元気ないけど」

主任に声をかけられて、ハッ、とする。

――いけない。今は仕事に集中しなくては……!!

忙しい秋川主任に、余計な心配をかけてはいけないと思い、気を引き締め直す。

「いえ、大丈夫です……それに私、体は丈夫なので……」

笑顔で返事をしたものの、動揺しているせいか会話がかみ合っていないことに気づき、「すみません、本当になんでもないんです」と謝った。

私の返答に不思議そうな顔をしていた秋川主任は、何かを思い出したように持参したバッグを漁ると、ミネラルウォーターのペットボトルを渡してくれた。

「よかったら飲んで。初めてだし、最初は緊張すると思うけど、時間が経てば慣れるから。それと、もし途中で具合が悪くなったら、遠慮なく言うこと。いいね？」

「は、はい！　ありがとうございます」

買ってからまだそんなに時間が経っていないのか、冷たいペットボトルを握りしめた私の胸が、小さく疼く。それは、これまで感じたことのない、痛みのような不思議な感覚で。

――ん？　何、この感覚……もしかして私、本当に具合悪いのかしら……

困惑しながら陰に隠れてお水をいただき、再びブースに戻る。そこではすでに、我が社の製品に興味を持った人が続々と足を止め始めていた。

事前の打ち合わせ通り、私が足を止めてくれたお客様一人一人に販促品を渡し、興味を持ってくれた方に秋川主任が製品の説明をしていく。

「どうぞ、ゆっくりご覧になってください。こちらは、今年発売する新製品でして。これまでの製品より、だいぶ性能が上がっています。例えばこちらの機能ですが……」

流れるような主任の説明に耳を傾けられた方々は、興味深そうに聞き入り必ずパンフレットを持って帰っていく。

お客様の姿が見えなくなると、秋川主任が短く息を吐いた。

「……と。まあ、こんな感じです。中には細かく機能とか聞いてくる人もいるので、そういう場合は、無理せず俺に振ってくれていいから」

「はい。分かりました」

ちょっとだけ緊張がほぐれた私の目に、秋川主任の社員証が映る。

――秋川……虹（こう）……ＫＯＵ　ＡＫＩＫＡＷＡ……秋川主任って、こう、っていうんだ。

いつも書類に名前が書いてあっても読み方が分からなかったのだが、社員証を見てようやく判明した。素直にいい名前だと思った。すごくお似合いだ。

「秋川主任って、虹（にじ）って書いてこう、っていうお名前なのですね。素敵です」

まさか、そんなことを言われるとは思っていなかったのだろう。秋川主任が口を開けて、ぽかんとしている。

「……え？　名前？」

「その、社員証を拝見しまして……恥ずかしながら、今の今まで、なんて読むのかなって思ってました」

「……今？　一週間以上隣で仕事してたのに？」

「はい、なので、恥ずかしながら、と……」

私と秋川主任の間に、数秒の間が空いた。

「新行内さんって、天然って言われたことない？」

「は、天然……ですか？　あの、マグロとかウナギの……」

「うん、ごめん。俺が言ったことは忘れてくれ」

秋川主任はパッと口元に手をやると、私に背を向けてしまった。

「……え？　それはどういう意味……」

さっぱり状況が理解できないでいると、またブースに足を止める方が数人いらしたので、私達は急いでその方達の対応に回った。

忙しくやって来る人達の対応をしているうちに、あっと言う間に昼時になる。各企業の参加者には、あらかじめ控え室が用意されており、そこで各自昼食を取ることになっていた。

「あー、もうこんな時間だな。新行内さん、先に食事してきていいよ」

「はい。じゃあお先にいただきます」

秋川主任がそう言ってくれたので、私はその厚意に甘えさせてもらう。

展示場のすぐ近くにコンビニやカフェがあるので、そこで昼食を調達する人がほとんどらしい。

事前にそれを聞いていた私は、コンビニでサンドイッチを買って控え室で食べることにした。

主任はゆっくりしておいで、と言ってくれたけど、さすがに先輩方が何も食べずブースで待機しているのに、自分だけのんびり食事なんてできない。

できるだけ早く食事を済ませた私は、急いでブースに戻った。

——お昼時だからか、さっきより人が少ないかな……

キョロキョロしながら、食事の間外していた眼鏡を持ってブースに向かっていると、正面から歩いてきたスーツ姿の年配男性とすれ違う。その男性が私の横を通り過ぎる瞬間「あれっ⁉」と声を上げた。

「涼歩ちゃんじゃないかい？」

いきなり名前を呼ばれたことに驚き、勢いよくその男性を見上げる。

グレイヘアーを綺麗に整え、上質な明るいグレーのスーツを身につけた男性の顔には見覚えがあった。

「す……須藤のおじさま……‼」

「やあ、久しぶりだな～。何年ぶりかな。すっかり大人になって。元気にしてたかい」

私を見つめるおじさまは、目尻を下げ優しげに微笑んでいる。

須藤のおじさまは、須藤産業という重機を製造販売するメーカーの社長さんだ。父とは高校時代からの友人で、年に何回かお互いの家を行き来するほど仲が良く、私も子供の頃から知っている。

久しぶりに会ったおじさまに、ついつい私も気が緩んで笑顔になった。

「はい、元気です‼　おじさまもお元気そうで」

「ははは。いつの間にか、こんなに年食っちゃったけどね。お陰様で元気だよ。……で、涼歩ちゃん。今日はこんなところで何をしてるんだい？」

この質問に、懐かしい気持ちが一転。頭の中に「絶体絶命」という言葉が浮かんだ。

「いや、えっと……それがですね……ちょっと事情がありまして……」

なんとかしてこの場を切り抜けなければと、必死に頭を働かせる。しかし、おじさまは眉根を寄せながら、私の胸元に提がった社員証に視線を向けた。

「……社員証？　あれ、もしかして涼歩ちゃん、そこに就……」

「おじさま、ちょ、ちょっとこちらへ!!」

「え？」

私は咄嗟におじさまの腕を掴み、ブースとブースの境目にある隙間に連れ込んだ。私の突然の行動に、おじさまは目を丸くして驚いているようだった。

おじさまと一緒にいた部下らしい二人の男性が、ぽかんとしたまま、通路に立ち尽くしている。

「す、すみません、おじさま。でも、これには事情があるんです……!!」

「はて、事情……？」

興味深そうに眉を動かしたおじさまに、私が今の会社に就職することになった経緯を説明した。

すると、それまで神妙に話を聞いていたおじさまの顔に、だんだんと笑みが浮かんでくる。

「ははーん、なるほどねえ……。しかし新行内家のご令嬢が一人暮らしだなんて、なんと思い切ったことを……あの源嗣さんがよく許したね。涼歩ちゃんを溺愛しまくってるのに……」

「だからです。このご時世、何があるか分かりませんし、いつまでも家に守られているようではいけないと思って。だからおじさま、私が今の会社で働いていることは誰にも言わないでいただけますか？　周囲に私の正体がバレたら、父との約束で実家に戻らなくてはいけないので……」

必死に訴えると、おじさまは少し考えた後、静かに頷いてくれた。

「いいでしょう。でもね、涼歩ちゃん。君が新行内家の一人娘という事実は変わらないんだ。だから君は、これまで以上に周囲に気を配ったほうがいい。君の正体を知った途端、周りの目が百八十度変わるからね……そのことを、忘れちゃいけないよ？」

声は優しいけど、目が笑っていない。本気で私のことを心配してくれていると分かるからこそ、私は神妙にならざるを得なかった。

「……はい、分かっています……」

「よし。じゃあ、頑張って！　何か困ったことがあれば、私でよければいつでも相談に乗るからね」

「おじさま……ありがとうございます」

「うん、じゃ」

最後ににっこり微笑んで、須藤のおじさまは部下達と一緒に会場の奥へ歩いていった。

それを見送った私は、一度ため息をつき、気持ちを入れ替えて自分のブースに戻る。

「秋川主任、お先にお昼ありがとうございました」

来客が一旦落ち着いたブースで、水を飲んでいた秋川主任に声をかける。

「お帰り。今さ、どっかの企業の重役っぽい人と話してなかった？　もしかして知り合い？」

――ええっ!!　まさか秋川主任に見られてた!?

内心ものすごく動揺しつつも、それを悟られないよう必死に平静を装った。

「あっ……の、そう、トイレの場所を聞かれまして……」

「そうなんだ。確かにこうやってブースが並んでると、トイレの場所が分かりにくいもんな」

とりあえず不審がられていないので、誤魔化しは成功した模様。

「それよりも、主任。お食事に行ってください」

「いや、俺は別に食べなくても大丈夫だ。水飲んだし」

冗談なのか本気なのか、そんなことを言う秋川主任に、私はちょっと困惑した。

「いえ、ちゃんと食べないとだめですよ。他の先輩方もいらっしゃるので私は大丈夫ですから」

そう訴えると、主任がははっ、と笑い声を漏らす。

「そうか。気を遣ってもらって申し訳ないね。じゃあ、お言葉に甘えて、ちょっとだけ抜けるわ」

秋川主任はそう言うと、もう一人の営業担当者である駒田さんという男性社員に声をかけ、ブースから出ていった。

その後ろ姿を見送っていると、駒田さんが私の近くに寄ってくる。

「あの人、ほっとくと本当に何も食べないまま、夕方までぶっ通しでブースにいたりするからね。新行内さんが食事に行かせてくれてよかったよ」

苦笑いする駒田さんの言葉に、私は目を見開いた。

「えっ……さっきのアレ、冗談じゃなかったんですか……!!」

「うん。今日はわりと人が少ないから、休憩する余裕があるけど、忙しい日はマジで食事する余裕なんかないからさ。しかも秋川さん、あのビジュアルで目立つだろ？　そのせいか、ひっきりなしに声かけられて、夕方まで休みなしなんてことがよくあるんだよ」

「えええ……!!　そ、そうだったんですね……」

でも、秋川主任は外見だけじゃなく、製品に関する説明もすごく分かりやすい。それに、声もよく通るから、頭にスッと入ってくる。だからみんな、彼に声をかけるのかもしれない。

そんなことを思っていると、ブースに数人来客があった。商品の説明は駒田さんに任せて、私は彼の隣でその補佐に回る。

「ねえ」

その時、私の左横から声をかけられた。「はい」と返事をしてそちらを向くと、スーツ姿の若い男性が立っている。首から提げられた社員証の企業名には見覚えがあった。展示会に参加している他の企業の社員らしい。

「おたくの製品、俺、長いこと使ってますよ」

「ありがとうございます！」

「で、この新製品、俺が使ってるヤツの後継になるみたいだけど、具体的にどういうところが違うの？」

「あ、はい。それでは、細かな説明は営業担当の駒田が……」

専門的な話は私ではなく、駒田さんの担当。しかし話を振ろうとした駒田さんは、現在別のお客様の対応中だった。

では、別のスタッフ……と周囲を見回すが、それぞれ他のお客様の対応に付いている。要するに、今フリーなのは私しかいない。

——どうしよう。私じゃ、上手く説明できない……!!

咄嗟の対応に困っていると、その若い男性は私を見てクス、と笑う。

「自社製品のこと、よく知らないんだ？　まあ、若い女の子じゃあ仕方ないか……しかし君、可愛いね」

「……え？」

製品の話から、何故か違う話になったことに、私はますます混乱した。

その間に、男性は身を乗り出してまじまじと私の顔を覗き込んだ後、社員証に視線を落とす。

「新行内涼歩ちゃんっていうの？　へえ〜、あの新行内と同じ名字なんだ。まさか関係者だったりとかする……？」

私の顔を窺ってくる男性に、思わずぶんぶんと首を横に振って否定した。

「いいえ!!　違います。まったく関係ありません」

「ふーん、そうなんだ。じゃあ、せっかくだし名刺交換しようよ。俺のあげるから、君のもくれる？」

「あの、その……私は営業担当ではないので……」

男性が名刺を差し出そうとした時、私と男性の間にすっと人が立ち塞がった。

「ありがとうございます。では、私が」

——あれっ。

私の前に立ち塞がったのは、秋川主任だった。

主任は男性から名刺を受け取ると、素早く自分の名刺を取り出し、男性に手渡した。

「製品に関する説明は、私がさせていただきます。ご質問がありましたら、どうぞ遠慮なく仰ってください」

にっこりと微笑む秋川主任の、できる男のオーラにビビッたのか、今までぐいぐい来ていた男性の腰が引ける。

「あ、ああ……じゃあ、パンフレットだけいただいていきます……」

秋川主任に怯んだ男性は、製品のパンフレットを持っていってしまった。その後ろ姿を見送りながら、私はほっと胸を撫で下ろした。

それにしても、助けてくれたことはありがたいが、さすがに戻って来るのが早すぎる。

私はいまだ男性の姿を見送っている秋川主任に、こそっと声をかけた。

「秋川主任、戻って来るのが早いですよ‼　ちゃんとお食事されたんですか？」

「ちゃんと食べたよ。来る途中コンビニで買ってきたおにぎりを二個。元々俺、早食いだし」

「は、早食いにもほどがありますよ」

面食らった私の顔が可笑しい、と言って、秋川主任が笑う。

「さっきの男性は、うちの製品より新行内さんに興味があるように見えたけどね。ああいう人には、気をつけて。新行内さん、意外と隙がありそうだから」

「隙……ですか？　自分ではそんなつもりはないのですが……」

「だろうな。まあ、今みたいなことがあったら、休憩中でも構わず俺のこと呼んで。いいね？」

「は、はい。分かりました」

「よし」

そう言って微笑む秋川主任に、何故か胸の辺りがキュッとして、苦しいようななんとも言えない不思議な感覚に陥（おちい）った。

――あれ……？　今の、何……？

これまでの人生で味わったことのない不思議な感覚に、私は一瞬混乱する。でも今は仕事中なので、そんなことを考えている場合ではない。

私は気持ちを切り替えて、ブースにいらした方の対応に集中する。

そうして数時間後。これといったトラブルもなく、無事に展示会の終了時間を迎えた私と秋川主任、それと駒田さんの三人は、ブースの片付けをして会場を後にした。

車で会社に向かう途中、後部座席の駒田さんが別件で車を降りる。すると、自動的に車内は運転している秋川主任と助手席に座る私の二人だけになってしまう。

その途端、これまでなんともなかった私の心臓が、急にどきどきと大きく音を立て始める。

――あれ。なんだろうこれ。急に緊張してきた……

それもそのはずで、私はこれまで、移動の際はいつも後部座席に座っていたのだ。

こんな風に、若い男性が運転する車の助手席に座ったことなど、生まれてこのかた一度もない。

何より、私がお世話になっていた運転手は、常に女性だったし。

――よく考えたら、こういうシチュエーションは初めて……

意識した途端、尚更緊張した。

どっきんどっきんから、ばっくんばっくんしてきた心臓の音を秋川主任に聞かれたら、絶対に変に思われる。

明らかに様子のおかしい私に、秋川主任がちらりと視線をよこしてきた。

「大丈夫？　なんか顔が強張(こわば)ってるけど……」

運転しながら、秋川主任が心配そうに声をかけてくる。

「はっ!?　い、いえ、なんでもありません!!　大丈夫です」

「そう？　今日は初めてのことばっかりで疲れただろ？　新行内さんは、会社に戻らないでこのまま直帰でいいよ。家の近くまで送るから」

「え!?　いいんですか？　でも私のマンション、ちょっと遠いですよ」

「いいよ。これ俺の車だし。家の場所はどこら辺？」

てっきり会社の車だと思い込んでいたのは、秋川主任の車だったらしい。

――そう、だったんだ、これ主任の……

これ、今の私にはある意味いらない情報だった。だって、秋川主任の車だって分かった瞬間、ますます緊張してしまう。

「……やっぱり新行内さん疲れてるんじゃない？　早く帰ってゆっくり休んだ方がいい」

「はっ!!　いえ、大丈夫です。えっと私の家は……」

私は拙い地理の知識で懸命に説明をする。でも、上手く伝えられた気がまったくしない。

しかし秋川主任は下手くそな私の説明でも、場所が理解できたらしい。前を向いた涼しい顔が、何度か頷いている。

「ああ、あの辺ね。分かった」

「自分で言うのもなんですが、あの説明でよく分かりましたね……」

「そりゃあ、営業やってりゃ自然と地理には詳しくなるよ。でも、新行内さん、結構遠くから通ってるんだな」

「はい……」

そう言いながら、秋川主任は私のマンションまで、途中高速道路を利用したりして、思っていたよりずっと早く送り届けてくれる。それには、心の底からすごいと思った。

「主任、すごいです。私、もっと時間がかかると思ってました。主任の頭の中には、高性能のナビが入ってるみたいですね」

「そう？　どうもありがとう。ナビも一応付いてはいるけどね」

確かに車にはナビも付いている。でも秋川主任はそれを使わないまま、私のマンションのすぐ近くまで来てしまった。

「で、新行内さんのマンションはどこ……」

もう充分マンションに近いところまで来ているのに、秋川主任はマンションまで送ってくれようとしている。私としては、ここまで送ってくれただけで充分だ。

「いえ、ここで大丈夫です。その辺の路肩に停めてください」

「行けるとこまで行くよ。ついでだし」

「でも私のマンションの場所って、ちょっと説明しにくくて。なので、本当にここで大丈夫です。ありがとうございました」

私が秋川主任に頭を下げると、主任は路肩に車を寄せて停車させた。

「遠いところまで送ってくださり、ありがとうございました。では今日はお疲れ様でした」

私が車から降りると、すぐに助手席の窓が開いた。

「お疲れ様。ゆっくり休んで」

「はい。あの、ちゃんと夕飯は栄養のあるものを食べてくださいね」

余計なお世話かもしれないけど、言わずにはいられなかった。

すると運転席から私を見ていた秋川主任が、その綺麗な顔を綻(ほころ)ばせ「ははっ」と声を出して笑った。

「心配してくれてどうもありがとう。じゃあ、夕飯は久しぶりに精の付くものでも食べるかな」

「ぜひ、そうしてください！」

「はは。それじゃ」

秋川主任は私に向かって左手を上げ、流れるようなハンドルさばきで道路に出ると、二、三回ハザードランプを点滅させて会社に戻って行った。

「お疲れ様でした……」

誰に聞かせるわけでもなくぼそっと独り呟いた私は、秋川主任の車が見えなくなるまで見送った後、自分のマンションに向かって歩き出す。

確かに、今日は慣れないことの連続でとても疲れた。でも、私は別のことが気になりすぎて、疲れがあまり気にならない。

——秋川主任のお顔が……頭から離れません……

それに、秋川主任と二人きりになってから、ずっと胸がぎゅっと掴まれたように苦しい。

——はっ、もしかして……病気!?

初めて感じる不調に、自分なりの結論を出した私は、マンションの部屋に着くなり、急いでいつもお世話になっているクリニックに電話をかけたのだった。

展示会に参加した週の土曜日。

私は普段お世話になっているクリニックを受診し、帰路に就いていた。

——特に異常なしって言われてしまった……

経験したことのない胸の痛みに、締め付け。絶対、病気に違いないと思ったのだが、クリニックで検査してもらった結果は、どこも異常なし。念のため行った血液検査も、まるっきり問題なしの健康体だと太鼓判(たいこばん)を押されてしまった。

——心電図も異常なし……じゃあ、この前の胸の痛みは、一体なんだったというの……?

悩みながら歩いていた私は、近くにあった書店にふらりと足を踏み入れる。

——いつも買っている雑誌がもう発売しているはず……

これまでは、昔からお世話になっているブランドで服を揃えていた。でも今は、会社に着ていく服は雑誌を参考にして購入するようにしている。

新刊コーナーにある雑誌を手に取った後、他の雑誌をチェックしつつ店内をうろうろしていた私は、ふと足を止めた。少女漫画の帯に書かれた一文に、目が釘付けになる。

【……恋する気持ちに胸がキュンとなる……】

——胸がキュン……キュン？　それって……

今まで経験したことのない、あの胸の締め付けは、キュン、という感覚に似ている。

——え、恋……？　私が？

誰に、という疑問に対しては、一人しか思い浮かばない……秋川主任だ。

主任に恋をしている。そう考えれば、私の胸の苦しさに説明がつく。だけど……

——これ、本当に恋なのかな……

単に、これまで周囲に男性がいなかったから、初めて接した家族以外の男性に戸惑っているだけな気も……

まったく恋愛経験のない私には、この感情が恋であると、すぐに判断することができない。

とりあえず雑誌の会計を済ませた私は、結論を出すことなくマンションへ帰ったのだった。

三

休み明けに出勤すると、部署の先輩社員に飲み会に誘われた。

「新行内さんがこの部署に来てからまだ一度もしてないでしょ？　新任のお祝いと親睦を図るために今度の金曜にでもやろうと思うんだけど、都合はどうかな」

私に声をかけてくれたのは、畑野香月さんという五年先輩の女性社員。

外見は肩ぐらいまでのボブヘアで、笑うと垂れる目がとってもキュートな女性だ。彼女も私と同じ営業事務の仕事をしている。だけど畑野さんは、一人で数人の営業社員の補佐をこなしている、ものすごく仕事ができる方なのだ。

「ありがとうございます。ぜひ参加させていただきます」

――私のために歓迎会を開いてくださるなんて……!!

「そう？　よかった。じゃあ、またお店とか詳しいことが決まったら連絡するわね」

「はい、よろしくお願いします」

「で、秋川主任と一緒にお仕事してみてどう？　慣れてきた？」

気を許していたところに、いきなり秋川さんの名前が出てきたので、ドキッとする。

「あっ、その……はい。お陰様で……」

動揺しているのを悟られないよう、必死に笑顔を保つ。ちなみに本日、秋川主任は日帰りの出張で不在である。

「秋川主任、優しいよね。新行内さんが来る少し前まで、私が主任の補佐をやってたんだけど、いやな思いしたこと一度もなかったわ」

「そうなんですね」

「でも、私の仕事が増えすぎちゃって、どうにも手が回らなくなっちゃったの。そしたら秋川主任が、自分の補佐はいいって言ってくれて。それに新入社員の指導も自分がするからいいよって……ほんといい人なの、秋川主任。しかもあの外見でしょう？　そりゃあ女が放っておかないわ……」

「……放っておかれてない、んですか……？」

畑野さんの言ったことが気になり、無意識に聞き返していた。

「うん、私達が見ていないような場所で、結構、告白されたりしてるみたい。何人か、見たって言ってたし」

「そう、なんですね……」

「……新行内さんも気になるの？」

ぼんやりしている私の顔を、畑野さんが腰に手を当てて覗（のぞ）き込んでくる。

「えっ？　あ、いえ……そういうわけではないんですけど」

「ふふ。ライバルはいっぱいいるわよ～。部署内にも部署外にも」

「ち、違いますって、本当に！」

一生懸命手を振って否定するけど、畑野さんはニヤニヤと意味ありげに笑っている。

「はは。でも新行内さん、若くて可愛いからモテそうね～。彼氏はいないの？」

「はい」

すぐに返事をしたら、畑野さんがガクッとする。

「即答ね。本当に？」

「はい。これまで周囲に、あまり男性がいない環境で育ってきたもので……」

「あー、そっか。女子大出身だったもんね。付属から？」

「はい」

これにもまたすぐ返事をしたら、何故か今度は畑野さんの顔が神妙になる。

「あの女子大に付属から……もしかして新行内さんって、すごいお嬢様だったりする……？」

「そんなことはありません。ごく普通の家です」

畑野さんの疑問をさらっとかわすと、そっか、とそれ以上家の話にはならずに済んだ。

「でも、新行内さん、雰囲気がなんかお嬢様っぽいのよね。なんていうか、立ち居振る舞いとかに品があるし、言葉遣いも丁寧だし。よく言われたりしない？」

「い、いえ……あんまり自分では意識していないのですが……」

物心ついた頃からずっとこのスタイルなので、お嬢様らしいと言われても、自分ではさっぱり分からない。

「そういうところがいいんじゃない？　自然体で。あ、あと飲み会には秋川主任も来るわよ。……

私は個人的に新行内さんを応援するから、頑張って！」

「へ？　が、頑張るって、何を……」

くすくす笑いながら、畑野さんが私の背中をポンッと叩く。その意図がよく分からなくてしどろもどろになっていると、また連絡するねと言って畑野さんが私から離れていった。

——ど、どういう意味だろう？　今のは……

彼女に言われたことが気になり、私は席に着いたまま、しばらく頭を悩ませることになった。


歓迎会兼懇親会までの日々を淡々と過ごし、迎えた金曜日。

終業時刻までに今日の仕事を片付けた私は、いち早く畑野さんと一緒に飲み会のお店へ向かうことになった。

「そういえば、一応参加になってた秋川主任、まだ外出先から戻って来てなかったけど、新行内さん、何か聞いてる？」

「あ、はい。お得意様のところに行く用事があるそうで、その後、直接お店に向かうと聞いてます」

「そっか、了解。秋川主任が飲み会に来るとすごいわよ。普段抑えてる女子達が、ここぞとばかりに主任の周りに集まるから」

「そ、そうなんですか？」

「うん。それにね……お酒飲んでる時の主任って、なんというかエロいのよね。普段きっちり閉めてるシャツのボタンとか開けちゃって、グラスを持つ仕草がなんとも言えず色っぽいって、私は思ってる。勝手に」

会社のエントランスを出ながらウットリする畑野さんに、思わず目が釘付けになる。それってもしかして、畑野さんも秋川主任のことが好きなのだろうか？

「あの、畑野さんも……秋川主任のこと……？」

恐る恐る尋ねると、一瞬ぽかんとした畑野さんが、何故か可笑しそうに噴き出した。

「違う違う！　私にそういう感情はまったくないの。長年付き合ってる人もいるしね。私にとっての秋川主任は、ある意味目の保養っていうか。だって、あんなイケメン、身近にそうそういないじゃない？　存在が貴重なのよー」

けらけらと屈託なく笑う畑野さんにつられ、私も自然と笑みが浮かぶ。

「そうですね、確かに……秋川主任のお顔は、すごく綺麗ですよね。最初見た時、びっくりしました。これが世に言うイケメンなんだって……」

「周りに男性がいない環境で育ったなら、確かにあの顔は衝撃的よね。リアル王子様だもん」

「リアル王子様……」

畑野さんの言ったことを噛みしめつつ、私は頭の中に秋川主任の姿を思い浮かべた。

私も子供の頃からよく童話やおとぎ話を読んできたので、王子様には馴染み深い。秋川主任が、王子様のコスチュームで白馬に跨っているところを想像してみても、まったく違和感がない。

——すごい、似合ってる……！

「新行内さん？　おーい」

ぼーっとしていたら、畑野さんに声をかけられハッとする。

「はい、すみません！」

「今夜の飲み会のお店はここです」

畑野さんがそう言って立ち止まったのは、会社の目と鼻の先にある和風居酒屋だった。シンプルな白い壁に、店の名前が黒い文字で書かれている。木製の引き戸をカラカラと開けると、調理場を囲むカウンターが見えた。

「予約した畑野です」

「畑野様ですね。お待ちしておりました、どうぞお座敷へ」

通されたお座敷は、営業部の社員全員が余裕で入れる広さ。テーブルにカセットコンロがセッティングされているところを見ると、お鍋だろうか？

「畑野さん、今日はお鍋ですか？」

「鍋っていうか、湯豆腐ね」

「あ、なるほど」

話をしながら、畑野さんと横並びでテーブルの真ん中に腰を下ろし、みんなが揃うのを待つ。

十分経過した辺りから徐々に人が集まってくる。更に十分経った頃、全員揃うにはまだかかりそうということで、先に始めることになった。

みんなが好き好きに飲み物を注文していると、秋川主任が座敷に入ってくる。

「主任、お疲れ様です！　いいタイミングですね」

畑野さんが声をかけると、秋川主任がしたり顔で「だろ？」と言った。

その秋川主任は、私とは対角線上にある席に座った。どうやら、近くに仲の良い男性社員がいたようで笑顔で話している。

――秋川主任、楽しそう。

彼の笑顔を見ることができて、何故だか胸の辺りがぽかぽか温かくなってくる。

それを不思議に思っているうちに、あれよあれよと主任の周りに女性が集まってきた。

「私、秋川主任の隣ゲット」

「私も」

「じゃ、私、向かいで～」

到着して数分も経たぬ間に、主任は周囲を女性社員に囲まれてしまった。

その光景に目を丸くする。

――すごい、あっという間に女性に囲まれちゃった……

「新行内さんは飲み物どうする？　ビール？　それともカクテルとかの方がいい？」

畑野さんが私にメニューを差し出しながら、尋ねてくる。

「あ、はい……ええと……」

メニューを見ても、何がどういう飲み物かよく分からない。

――困ったな、何を頼んだらいいんだろう……あ、そうだ！

そこで私は、二十二歳の誕生日に、父が用意してくれたお酒を思い出した。

——美味しかったんだよね、あれ。確かク……なんとかっていう名前の、シャンパンだったかな……あら？　ここ、シャンパン置いてない……？

私が真剣にメニューを見つめていると、畑野さんが助け船を出してくれた。

「もしかして、お酒あんまり詳しくない？　じゃあ、飲みやすそうなレモンソーダとかにする？」

レモンソーダなら、どんな味か想像できたので、素直に頷く。

「はい。それにします」

畑野さんはクスクス笑いながら、私からメニューを受け取った。

「新行内さん、やっぱ箱入りじゃない？　大学時代、サークルの飲み会とかなかったの？」

「そうですね、私が参加してたサークルは、わりとみんな大人しかったので……それに親からも、飲み会の参加は禁止されていたので。社会人になって、ようやく解禁されたんです」

正直に事情を話したら、畑野さんがギョッとした顔で私を見る。

「うっそ……もしかして新行内さん、深窓のお嬢様だったりする!?」

「いっ、いえ!!　全然普通の家です！　ただ、ちょっと親が厳しくて……」

苦し紛れの言葉だったが、畑野さんはすんなりと納得してくれた。

「そっか。私の友人にも、すっごく門限の厳しい子がいたなー。新行内さんも、大変だったのね」

「恐縮です……」

しばらくして、注文した飲み物が運ばれてきたので、この場にいる人だけで乾杯をする。私が遠慮がちにレモンソーダの入ったグラスを掲げると、ちょうどこっちを見ていた秋川主任と目が合った。すると、秋川主任が持っていたビールジョッキを私に向かって掲げてくれる。

そんな主任のちょっとした気遣いが嬉しくて、胸がジーンと熱くなった。

「……美味しい」

初めて飲んだレモンソーダは、すっきりしていて全部飲めそうだ。

今日の歓迎会には、急用や元々の用事があった社員数人が来られなかっただけで、部署のほとんどの人が参加してくれた、と畑野さんが教えてくれた。

私は畑野さんや、近くに座っている先輩社員と話をさせてもらいながら、美味しい湯豆腐に舌鼓を打つ。このお店、湯豆腐の美味しい居酒屋としても有名なのだそう。

――確かにこの湯豆腐、すごく美味しい……きっといいお豆腐を使っているのね……

実家住まいの頃、お豆腐好きの母がよく美味しい湯豆腐を提供してくれる料理屋さんへ連れて行ってくれたことを思い出す。

母はそこのお豆腐が気に入り、しばらく家の食事にもその店のお豆腐を取り寄せていた。そんなことをぼんやり考えていると、私の向かいに同じ部署の女性社員がやって来た。

軽くウエーブのかかったミディアムレングスの髪に、やや丸顔でほんわりした外見の女性は、江渕美織さんという。彼女は私の二年先輩らしい。

「ちゃんと話すのはこれが初めてよね？　新行内さんと同じで、営業事務をしてるの。よろしくね」

江渕さんが手に持っていたグラスを私に向け「かんぱーい」と微笑んだので、私ももう飲み終わりそうなレモンソーダの入ったグラスを掲げた。

「こちらこそ、よろしくお願いいたします」

「ねえねえ、新行内さんって彼氏とかいるの？　なんかいそうな感じするけど」

挨拶が終わるや否や、いきなりそんなことを聞かれて驚く。

「い、いえ。いません」

私がはっきりと否定すると、何故か江渕さんの表情が曇った。

「え？　そうなんだ？　ふうん……」

「あ、あの……」

私がどうしていいか分からなくてオロオロしていると、すかさず畑野さんがフォローしてくれる。

「ああ、気にしなくていいのよ。江渕はね、秋川主任のファンなの。だから、主任の近くにいる女子には必ず、彼氏がいるかどうか確認してるわけ」

「畑野さん、いきなりバラすのやめてくれません……」

ムッとして口を尖らせる江渕さん。でも、否定しないところを見ると、畑野さんの言ったことは間違っていないらしい。

――秋川主任のファン……そ、そうなんだ……さすが主任。

私が納得するように二、三度小さく頷いていると、江渕さんの鋭い眼差しが向けられる。

「だって……ずるいですよ。私、営業部に来てからずっと主任の補佐やりたいって部長に直談判してるのに、いきなり新入社員の新行内さんが補佐になるなんて……」

一気に捲し立てると、江渕さんはグラスに残っていたお酒を呷った。

「そりゃ、直談判するくらい秋川主任が大好きな江渕を補佐になんかしたら、仕事にならないでしょうが……部長だってそこんとこよく分かってるのよ」

畑野さんが苦笑いすると、空いたグラスをテーブルに置いた江渕さんが吠えた。

「そんなのずるい！　ねえ、新行内さん。秋川主任の補佐、私と代わってくれない～？」

冗談なのか本気なのか分からないが、江渕さんが私に頼み込んでくる。でも。

「お断りします」

無意識に即答した私に、江渕さんの顔から笑みが消える。

「……は？　何それ。しかも即答？」

明らかに気分を害した様子の江渕さんに、私はハッと我に返る。

「あっ!!　す、すみません……!!　その、せっかくいろいろ教えていただいて、ようやく仕事にも慣れてきたところなので……ここで代わるのは、ちょっと……」

さすがに先輩に向かって、今のはまずかったと必死で取り繕うが、江渕さんの機嫌は直る様子がない。

「……ふうん……新行内さんって、やっぱり秋川さんに気があるのね？　私、負けないから」

「い、いえ、そんな……」

「江渕、やめなって！」

畑野さんに窘められた江渕さんは、私を軽く睨み付けると席を移動していった。

やってしまった、と思った。

「……畑野さん、すみません……私、江渕さんを怒らせてしまいました……」

「いや～、あれは江渕が悪いでしょ。っていうか、あの子、主任が絡むと途端に攻撃的になるんだから……。前もそれで他の子とやり合って、相手の子、江渕に嫌気が差して部署異動したっていう前科があるの……ごめんね、せっかくの歓迎会なのに」

もっと早く止めに入るんだった、と畑野さんが謝ってくる。気にしないでください、と首を横に振りながらも、やはり気分は落ち込む。

——あんなにムキになるくらい、江渕さんは秋川主任のことが好きなんだ……

ため息をつき、残っていたレモンソーダを全部飲む。なんとなく、もう少しだけお酒が飲みたい心境だった。

畑野さんからメニューをもらい、思い切ってビールを注文する。

ジョッキになみなみと注がれた初めてのビールは、ただただ苦かった。

「……にがい……」

これが大人の味か……と思っていると、隣に座っていた畑野さんがトイレに立つ。前に座っていた人も別の場所で飲んでいるので、その場に私だけがぽつんと残されてしまった。

——なんか……一人になってしまった……

じゃあ、せっかくだし、また湯豆腐でもいただこうかな、とお鍋に残っていたお豆腐を自分の器に入れていると、隣に誰かが来たような気配がした。

「新行内さん、お酒飲めるの？」

その声にハッとなって隣を見上げると、そこにいたのは秋川主任だった。

「あ……秋川主任」

「ビールか。一緒だな」

秋川主任が持ってきたジョッキにはビールが入っている。

「はい。初めて飲みましたけど、苦いです。そのうち美味しく感じるようになるんでしょうか？」

何気なく思っていることを口にすると、秋川主任が驚いたように目を見開く。

「……ビール、初めて飲んだの？　本当に？」

「はい。私の実家には、ビールを飲む人がいなかったので……」

これは事実で、私の父はワインを嗜み、母は日本酒を嗜んでいた。何より、つい最近まで外での飲酒を禁止されていた私は、ビールを飲む機会というものに恵まれなかったのだ。

「そうか、じゃあ最初は苦く感じるだろうな。でも、そのうちこの苦さがやみつきになるんだよ。暑い日に、キンキンに冷やしたビールを飲んでみな？　旨いから」

「……じゃあ、今度、試してみます」

主任が言うのならきっとそうなのだろう。私はビールを買って冷やしておこう、と心に決めた。

そう思いながらビールの入ったジョッキに口をつけると、隣から秋川主任の声が聞こえてくる。

「……新行内さんは、きっとご両親に大事に大事に育てられたんだろうな」

「え？」

隣を向くと、主任がテーブルに頬杖をつきながら私を見ていた。

「なんとなく、そんな気がしただけなんだけどね」

大事どころか、超過保護に育てられたので、秋川主任の勘は当たっています。

「……そうですね、たぶん私、他の人よりかなり大事に育てられたと思っています」

「それで今は一人暮らししてるんだろ？　親御さん、ものすごく勇気がいっただろうね」

「え……？　勇気、ですか？」

「そりゃそうだろう、社会人になったとはいえ、大事に育ててきた娘が、独り立ちするのを寂しいと思わない親なんかいないよ。人より大事に育てられたのなら、余計だろうね。親御さん、ものすごく悩んだんじゃないかな」

思いがけない主任の言葉が、私の心に刺さる。

思い返すと、私は、ただ新行内から出てみたいという、そのことしか考えていなかった。

だけど、いざこうして家から離れてみて、自分がこれまで、いかにたくさんの人に支えられ守られて生きてきたのか、ということを改めて思い知らされた。

だから実家にいた時よりも、両親や秀一郎、他にも私を支えてくれていたたくさんの人達への感謝の気持ちが大きくなっているのは確かだ。

「はい……そうですね。両親にはすごく感謝してます。だからこそ私、一人で頑張りたいんです。私を外へ送り出してくれた両親に、『ほら、私一人でも大丈夫だったでしょ？』って、言えるようになりたいので」

「へえ。そういう考えを聞くと、応援したくなるね。ぜひ頑張ってください。困ったことがあったら、いつでも頼ってくれていいよ、なーんてな」

　主任が笑いながらそう言って、ビールを呷る。それにつられるように、私もビールを一口飲んだ。不思議なことに、最初に飲んだ時より、今の方が美味しく感じた。

「……なんででしょう。ビールがちょっと美味しくなりました」

「へえ。なんでだろうね。ところで新行内さん、それで何杯目？」

「ビールは一杯目です。その前に、レモンソーダを三杯いただきました」

　私が答えた瞬間、秋川主任が私を二度見する。

「結構飲んでるね。でも、全然顔に出てないな」

「あれは、レモンスカッシュみたいなものでしたから」

「いや、飲みやすくても、一応お酒だからね……新行内さん、実はかなり酒強いだろ」

「え？　どうでしょう。自分では強いのか弱いのか、よく分からないのですが……あ、でも、二十二歳の誕生日に父がくれたシャンパンは、その日のうちに全部飲んでしまいましたけど」

　すると、何故か秋川主任が、持っていたビールジョッキをテーブルに置いた。

「シャンパンって……銘柄は分かる？」

「それがですね、私、名前を忘れてしまいまして……確か、ク、なんとかっていう、ピンク色のものだったんですけど……」

「ピンク……ロゼか。ク……って、もしかしてアレかな」

スラックスのポケットからスマホを取り出した主任は、画面をタップして何やら検索を始めた。

「え……あれだけで、銘柄が分かったんですか？」

「なんとなくだけど。たぶん……ほら」

そう言って、主任がスマホの画面を私に見せてくれる。そこに映っていたのは、確かに誕生日の時に父から贈られたシャンパンの画像だった。

「あ、これです！　すごく美味しかったんですよ、フルーティで……」

すると、秋川主任が突然笑い出した。

「……あのね、新行内さん……あなたザルですよ、間違いなく」

聞いたことのない単語が出てきて、思わず首を傾げる。

「ザル？　ザルってなんですか？　猿と何か関係があるのでしょうか……？」

私が口にした途端、秋川主任が「ぐふっ」と噴き出しそうになる。

「いや、猿は関係ないから。お酒に強いってこと。それにしても、いいもの飲んでるなあ。やっぱり新行内さん、お嬢様でしょ。それで酒が強いとか……面白いね」

「えっ!!　ち、違います!!　そんなことは決して……!!」

つい、お嬢様、と言われることに過剰反応してしまう。でも、秋川主任はその辺を突っ込んで聞いてきたりはせず、ただクスクス笑っていた。

「とんだ箱入り娘だな。学生の時、飲み会に参加してくれって、声をかけられたりしなかったの？」

「はい……友人はみんな、付属からの長いお付き合いの方ばかりでしたので、私の両親が厳しいことは知れ渡ってましたし。誰一人、私を飲み会に誘ったりはしませんでした……」

これは後から知ったのだが、私を飲み会に誘わないように、父、もしくは母が、友人のお宅に直接電話してお願いしていたそうだ。びっくりである。

「へえ……すごいな。そこまで溺愛されてるんだ」

主任がビールを飲みながら、驚いたように目を丸くする。

「……そうですね、一人っ子なので。……たまに愛が重くて困る時もあるんですけど」

「じゃあ、学校が終わったら何してたの？　その様子なら、アルバイトなんかもさせてもらえなかったんだろう？」

「はい……アルバイトも禁止でした。なので、帰宅後はいろいろな習い事のお稽古に行ってました」

「お稽古って、もしかして茶道とか、生け花とか？」

「……そ……そんなところです」

主任にズバリと習い事を言い当てられて、内心ちょっと動揺する。

――な、なんで分かったんだろ……

「すごいな。やっぱりお嬢様だ」

「いえ……ふ、普通です……ちょっと過保護な一般家庭です……」

小声で反論すると、主任が堪えきれない、とばかりに笑い出した。

「いやいや、絶対違うだろ。いくらなんでも一般家庭は無理があるよ」

額を押さえ肩を震わせる主任に、なんて言っていいのか分からない。

それでも、自分との会話でこんな風に主任が笑ってくれるのが、なんだか嬉しかった。

少しだけふわっとした気分で目の前のビールのジョッキを取り、口をつける。

――あれ？　なんか、さっきより、もっと美味しく感じる……

もしかして、主任にこの苦さがやみつきになる、なんて言われたせいだろうか。だとしたら自分はどれだけ単純なのだろう。

私は再びビールを飲みながら、隣で同じようにビールを飲む主任を見つめるのだった。


それからしばらくして、この店での歓迎会はお開きになった。

希望者はそのまま二次会に行くらしいが、私は時間も遅いし、家も遠いので残念ながら二次会には参加せず帰ることにした――しかし、それは建前で、実はさっきからずっと秀一郎からバンバン、メッセージが来ており、さすがに無視することができず帰宅を決めたというのが真実である。

――うちに寄ったら、私が帰ってこなくて心配したみたいだけど……

事情を説明した途端、今度はいつまで飲んでるんですか、早く帰って来なさいっていう、メッセージが止まらなくなった。……だいぶ引っ張ったけど、これ以上はさすがに無理だろう。

「残念だけど、仕方ないね。気をつけて帰ってね？」

「はい、ありがとうございます！　皆様もお気をつけて」

店の前で皆さんとお別れして、駅に向かって歩き出した。が、すぐに後ろから「新行内さん」と声をかけられる。この声は、秋川主任だ。

「はい……？」

忘れ物か何かだろうか、と思いながら振り返ると、小走りで近づいてきた主任が、私の隣に並んだ。

「もう遅いから家まで送ってく。っていっても、酒飲んじゃったから徒歩だけど」

「……えっ⁉　わ、私を……ですか⁉」

「もちろん。他に誰がいるの」

可笑（おか）しそうに口元を押さえる秋川主任に、私は動揺でアワアワする。

――う、うそ……！　嬉しい！　でも、こんなところ江渕さんに見られたら……‼

さっきの比じゃないくらい睨（にら）まれそう……と思って視線を巡（めぐ）らせると、案の定、頬をパンパンに膨らませて、こちらを睨（にら）み付ける江渕さんがいた。

「えっ……えぶちさ……」

彼女の視線の強さに、背筋がぶるっと震えた。

――やっぱり、すごく怒ってる‼

「は？　江渕？」

私の様子を見て、秋川主任が背後を振り返る。その瞬間、江渕さんの顔が笑顔に変わった。しかも控えめな感じで手を左右に小さく振り、私達を見送っているように見える。

――す、すごい、江渕さん……

その変化に呆気にとられていると、横から「行こうか」と声がかかった。

「江渕と仲良くなったの？」

「えっ……ま、まあ……はい……」

――本当は、その反対なんですけど……いや、それよりも！

「あの、みんな、二次会に主任がいないと寂しいと思います。それに、私のマンションまで行ったら、主任が家に帰るのがすごく遅くなってしまいます」

「俺は平気。それより、こんな時間に君みたいな若い女の子を一人で帰す方が心配だから。送るのが俺で申し訳ないけど、我慢して送らせて」

「ええっ！　そんな、とんでもないです……!!　むしろすみません……!!」

送らせて、なんて言われたら、とてもじゃないけど結構ですなんて言えなくなってしまった。

「……あの、よろしくお願いいたします……」

「いいえ。じゃあ、手っ取り早くタクシーで帰るか。実は俺のマンションと方向は同じなんだよ。君のマンションの方が遠いのは確かだけどね」

「そうなんですね……」

よかった、反対方向にお住まいだったら申し訳なくて、秋川主任のマンションのある方向に足を向けて寝られないところだった。

主任の歩幅に合わせて一生懸命歩き、駅のタクシー乗り場に到着した。先に乗り込んだ主任に続き、私も後部座席に乗り込む。

私が行き先を伝え、その後秋川主任が「その後○○方面に行ってください」と運転手さんに伝えると、静かに車は走り出した。

「湯豆腐、旨かったでしょ」

「はい！　とっても美味しかったです」

「あの店、うちの社員が歓送迎会でよく使うんだ。店主は元々有名な日本料理店で修業していた板前でさ……」

主任がさっきまでいたお店について教えてくれる。それはすごくありがたいんだけど、それよりも主任と並んで座っていることに緊張してしまい、上手い返し文句が浮かんでこない。

「そ、そうなんですね……こっ、今度は湯豆腐以外のものも食べてみたいです……」

当たり障りのない返答をして、次の会話に困って窓の外に視線を向ける。

――せっかくこうやって送ってくれる秋川主任に、何か気の利いたことでも言えたらいいのに。

改めてコミュニケーション能力の不足を自覚してしまい、落ち込んだ。

そんな時、車内にメッセージの着信を知らせるピコン、という音が鳴った。

「あ、すみません、私です」

主任が言葉を発する前に、バッグからスマホを取り出し画面をチェックする。画面には、思った通り秀一郎と出ている。

――やっぱり……もう、心配性なんだから……

急いで秀一郎に『今帰り道！』とメッセージを送る。するとすぐに親指をグッと突き出すイラストのスタンプが送られてきた。

――はやっ。っていうか、スタンプ使いこなす七十歳の執事って……

ちょっと可笑しくなってきてクスッとすると、すかさず隣から声が飛んでくる。

「どうした？　ご家族？」

「あっ、はい！　なんか、私がいない間にマンションに寄ったらしくて……」

思わず本当のことを白状してしまったら、主任が驚いたように目を見張る。

「留守中に？　大丈夫？　怒られたりとか……」

「大丈夫です、さすがにそれはないです。でも、早く帰れって、さっきから何度もメッセージが送られてきてました」

私がクスクス笑いながら言ったら、何故か主任は対照的に困り顔だ。

「それは申し訳なかった。もっと早く帰れるように気を利かせればよかったな」

「えっ！　そんな、いいんです。私、歓迎会を開いてもらってすごく嬉しかったので、むしろお礼を言いたいくらいなんです」

「でも、ご家族が心配するのはもっともだよ。今後は帰りがあまり遅くならないよう、俺も気をつけておく。遅くなる場合は、必ず家まで送るから」

「い、いいですよ！　本当に大丈夫です！」

「こればっかりはダメ。上司命令」

腕を組んできっぱり言った秋川主任は、私を見て少しだけ口元を緩めると、会話は終わりとばかりに窓の方を向いてしまう。

――上司命令……出されてしまった……

本来なら困惑するべきところなのかもしれない。だけど、この時の私は、秋川主任からの上司命令がなんだか嬉しく感じてしまい、頬が緩んでしまって仕方がなかった。

道がそれほど混んでいなかったこともあり、思っていたよりだいぶ早くマンションに到着できそうだ。

電車とバスを乗り継いでいたら、おそらくもっと時間がかかったはず。こうしてタクシーで送ってくれた秋川主任に、感謝の気持ちでいっぱいだ。

見覚えのある通りに差し掛かったところでお財布を取り出し、主任にタクシー代を渡そうとした。

「主任、送っていただいて、ありがとうございました。これ……」

「いらない」

言い終わる前に断られてしまい、えっ、となる。

「いいよ。俺が送りたくて送ったんだから。それに俺は君の教育担当なんだから、気にしなくていいの」

「でも……」

ここまでのタクシー代は、決して安くない。さすがに申し訳なくて出したお金を引っ込めずにいると、主任が「じゃあ」と口を開いた。

「その代わり、また新行内さんの話いろいろ聞かせてくれる？　それと、もしよければだけど」

「はい？」

私が小首を傾げて秋川主任の言葉を待っていると、主任が私をチラッと見て口元を押さえた。

「連絡先を教えてもらうことは可能？」

「私の、ですか？」

「そう」

何故だか少しだけ恥ずかしそうに見える主任に、私は眉根を寄せる。

――タクシー代の対価が私の話と連絡先？　それで本当にいいのかしら？

「そんなものでよければ、いくらでも」

私の返事があっさりしていたからか、秋川主任がガクッとする。

「いや、そんなものってことはないだろう。実は俺の補佐をしてくれることが決まってから、ずっと聞こうと思ってたんだけど、なんとなくタイミングを逃してしまって」

そう言われて、ピンポーン！　と頭の中に明かりが点く。

「あ……なるほど、お仕事で必要だから、ということなのですね？」

「……それだけじゃないけどな。で、新行内さんの電話番号は？」

主任はさらっと私から視線を逸らし、手元のスマホを見る。

「あ、えーっと……」

私が番号を伝えると、主任が素早くスマホを操作した。そして、すぐに私のスマホに電話がかかってくる。

「それ俺の番号だから。登録しておいて」

画面に出ているのは私のスマホに未登録の番号。これが秋川主任の番号だと思うと、何故だろう。すごく胸が躍る。

「はい、ありがとうございます！」

スマホを胸の辺りで握りしめてお礼を言うと、主任がフッとはにかんだ表情を浮かべた。

「こちらこそ。今日は新行内さんとたくさん話ができて、久しぶりに楽しかった。またおじさんの相手をしてくれたら嬉しいな」

おじさん――？

「……おじさんって、誰のことですか？」

「俺のことだけど」

真顔で聞いたら真顔で返事をされて、「いえ、いえいえいえいえ!!」と思いっきり否定した。

「主任はおじさんじゃありませんから！　何を仰るんです!!」

――おじさんというのは秀一郎みたいな年齢の人のことを言うのです。あ、秀一郎は、おじさんと言うより、おじいさんか……

私の反応が意外だったのか、秋川主任が少し引いているように見える。

「いや、でも俺、三十一だから。新行内さんとは、かなり年の差があるでしょ……」

「私は今年で二十三になるので、年齢差は八つです。そんなの、たいした差ではありません」

思っていることをはっきり口にしたら、秋川主任が一瞬驚いたような顔をする。でもすぐにフッと柔らかく笑った。

「よかった。そう言ってもらえて、ちょっと安心した」

主任みたいな人でも年齢を気にすることがあるのかな、と思いつつ。さっきの話に戻る。

「じゃあ、すみません、お言葉に甘えて……本当にありがとうございます。お話なら、私いつでもお付き合いしますので、仰（おっしゃ）ってくださいね！」

深々と頭を下げ、お金をお財布に戻すと、秋川主任が私を見ながら微笑む。

「どういたしまして。こちらこそありがとう。また楽しみにしてる」

その微笑みがあまりにも美しくて、私はぽーっと主任に見惚れてしまった。

——か、かっこいい……主任って、ほんっとかっこいい……

かっこいいのは顔だけじゃなくて、運転席の背もたれに当たりそうなほど長い脚や、骨張った長い指。それに、耳元で囁（ささや）かれたら膝から崩れ落ちてしまいそうな甘い美声。

秋川虹という男性は、私にとって奇跡とも思えるくらい、かっこいい人なのだ。

そのことを改めて思い知った私は、緊張と戸惑いと、若干の興奮で胸が苦しくなってきた。

——また胸が苦しい……!!　どうして秋川主任の近くにいるとこうなっちゃうんだろう……？

「……どうした？」

「い、いえ、なんでもないです……」

こんなに意識しまくってたら、変な人だと思われてしまいそうだ。それが気になって、ますますドキドキしてしまう。

そうこうする間に、タクシーが私の指定した場所に到着した。タクシーを降りた私は、すぐに車中の主任に頭を下げる。

「じゃ、あの、私はこれで……今日はお疲れ様でした。それと送ってくださって、ありがとうございました」

「どういたしまして。っていうか、よければマンションの入口まで送るけど……」

そう言って主任もタクシーを降りようとするので、慌てて止めた。

「いえ、ここでいいです!! ほんとすぐそこなんで!!」

今にも心臓が爆発してしまいそうなのに、家までなんて耐えられない。

私に止められ、主任が「そう?」と困惑気味に座席に座り直す。

「じゃあ、気をつけて」

ひらひらと手を振り、秋川主任はタクシーに乗って私の前から去って行った。

完全にタクシーが見えなくなってから歩き出した私は、いまだドキドキする胸を手で押さえ、ため息をついた。

――胸が苦しい。

それって、やっぱり……恋……なんだろうか……?

はっきり言って、これが恋かどうかはっきりとは分からない。かといって、こんなことを秀一郎や、ましてや親になんて相談できない。

そんなことを考えながらマンションに到着した私は、エントランスの前に立っている人物に気づいて度肝を抜かれる。

「えっ……!?　なんでここに……」

その人物は、ぎろりと私を睨（にら）み付け「遅い!!」と一喝（いっかつ）してきた。

「お前～～!!　いくら一人暮らしを許してもらったからって、こんな時間に帰ってくるなんて危ないだろうが!!」

仕事帰りなのか、暗めのスーツを身に纏（まと）う細身で長身の男性。細い目をつり上げて怒りを露（あら）わにする彼は、新行内啓矢。私の従兄弟（いとこ）である。

「け、啓矢！　なんでここに……っていうか、今日は部署の飲み会だったの！　いつもはこんなに遅くないから!!　そこまでタクシーで送ってもらったし!!」

私につかつかと歩み寄って来ながら、啓矢が眉を寄せた。

「飲み会～？　……確かに、酒臭いな」

「えっ！　私、お酒臭いの!?」

さっきまで秋川主任と一緒だったのに、お酒臭いだなんて。

ショックを受けて呆然としている私に構わず、啓矢のお怒りは収まらない。

「ったく、てっきり家にいると思って来てみたらまさかの不在で、すぐ帰ってくるだろうと思って待ち始めて二時間も経った。こんなに待ったのは久しぶりだよ」

腕時計の文字盤を指さし、すっかりご立腹の啓矢にウッと怯（ひる）む。でも啓矢、二時間待ったことあるんだ。

「……ご、ごめん。でも私にも都合ってものがあるんだから、いきなり来られても困るのよ。とりあえず中へ入ろう」

一応はそう反論したものの、さすがに外で二時間も待たせてしまったのは申し訳ないので、部屋に入れてあげた。

しかし、部屋に入れれば少しは落ち着くかと思いきや、啓矢の機嫌は悪いままだった。

「ここ……？　ここに住んでるのか……？　本当に？」

「本当です！　私のお給料じゃこのマンションを借りるのが精一杯なの！　もう、文句があるなら帰ってよ！」

「文句っつーか……だって、お前は新行内家の一人娘なんだぞ？　実家に住んでた頃とあまりにも差がありすぎるから……あ、洗面所借りるぞ」

文句を言いつつ、啓矢は洗面で手洗いとうがいを済ませ、リビングの中央にどかりと座り込んだ。

ヤレヤレと思いながら、私も彼と同じように手洗いとうがいをする。

いくら招かれざる客でも、せっかく来てくれたのに何も出さないのは申し訳ない。そう思った私は冷蔵庫に入っていた麦茶をコップに注ぎ、啓矢の前に置いた。

「私がどんなところに住んでるか、わざわざ見に来たの？」

「それだけじゃない。電話じゃ埒があかないから直接言いに来たんだ。こんな生活はやめて、さっさと実家に戻れ。以上」

電話でも何度も言われていることをまた言われて、正直げんなりする。

「だから、それは……」

「伯父さんも伯母さんも、やっぱり一人暮らしなんかさせるべきじゃなかったって、俺と顔を合わせる度に愚痴ってる。それに、最近二人とも少しやつれたような気がして、見てるこっちが居たたまれないんだ」

啓矢から知らされた事実に、私はグッと唇を噛んだ。

家を出てから両親は私に連絡をしてこない。その代わり、秀一郎がたまに様子を見に来て、両親に私の現状を報告しているのだと思う。

私が家を出たことを、今もよく思われていないことは分かっていた。でも、改めて今の両親の様子を知らされると、やはり胸は痛む。

「……でも、まだ家を出てから三ヶ月と少ししか経ってないんだよ？」

「いや。俺はお前が家を出ると聞いた時から、こうなることは予想してた。お前は新行内家の一人娘なんだ。将来的にお前が婿養子をもらって新行内家を継ぐことになる。なのに、家を出て一人暮らしをしたいだの、家業とは関係ない会社に就職したいだの、最近のお前は後継者である自覚がなさすぎる」

真剣な顔で諭されて、言葉に詰まった。

自分の立場は痛いほど分かっているつもりだった。でも、改めて指摘されるとまったくその通りで、何も言い返せない。

「……勝手なことをしているのは分かってるし、両親にも申し訳ないと思ってる。でも、ここで家に戻ったら、何もかもが中途半端になってしまう。それに、ようやく今の仕事にも慣れてきたところだし……」

啓矢や秀一郎、それに両親から、どんなに戻って来いと言われても、私は三年間は今の会社を辞めるつもりはない。

必死に説明をしている間、私の頭の中には何故か秋川主任の顔が浮かんでいた。

正座をして腿の上で手をグッと握りながら啓矢の目を見つめる。

そんな私をしばらくじっと眺めていた啓矢が、はーっとため息をついた。

「……一応、まだ様子見しといてやるけど、もし新行内の一人娘だと周囲にバレたら、その時は大人しく実家に帰れよ？　そういう約束だからな」

「それは……承知してる」

「それならいい……お茶、ご馳走様。じゃあ、俺は帰る」

啓矢は麦茶を飲み干して立ち上がると、空になったコップをキッチンに持っていってくれた。

「え、もう帰るの？」

「用は済んだからな。それと、秀一郎にあんまり心配かけんなよ。年なんだから」

「……うん、分かった」

私が素直に頷くと、啓矢はフン、と鼻を鳴らして玄関に向かう。

「また来る。早く寝ろよ」

「……おやすみ」

啓矢が出ていって、私はホッと一息ついた。

秀一郎といい啓矢といい、過保護にもほどがある。だけど彼らをそんな風にさせているのは、結局、私のせいなのだ。私が新行内の一人娘だから。

その事実はどうあっても変わらない。だけど私は、まだ会社を辞めたくない。

私の頭に再び秋川主任の顔が浮かぶ。

あの人のことを思い出すと胸がキュッと苦しくなって、ドキドキする。彼の笑顔が見たいと思うし、声を聞けたら幸せな気持ちになる。

もしかして、自分は本当に、恋をしてしまったのかもしれない。

そう思ったらドキドキしてしまい、私は眠れない夜を過ごすことになったのだった。

四

歓迎会の後、週末を経て月曜日となった。

普段は秋川主任がいなくても、ある程度の仕事は一人でこなせるようになった。それに従い、私の仕事量も最初に比べて格段に増えた。

他の人よりも仕事に慣れていない私は、その分、人より必死に仕事をした。

そんな中、困ってしまうことが一つだけあった。江渕さんだ。

歓迎会の後、私が秋川主任に送ってもらうところを、ものすごい顔で睨んでいた彼女。あんな顔をされたら、良く思われていないことなど明白だ。今日からどう接したらいいのかと悩みながら出社したのだが、案の定、部署に入るなり睨まれた。

――あー、やっぱりなあ……

長年女子校で育ってきた身としては、こういったことは慣れっこだ。だから、ものすごく落ち込むとか、モチベーションが下がるようなことはない。

だけど、何度経験しても、やっぱり気持ちのいいものではなかった。

私は、極力気にしないように仕事をこなしていた。そんな中、休憩時間にお茶を飲もうと立ち上がった私に、隣でデスクワークをしていた秋川主任が声をかけてきた。

「新行内さん、どっか行くの？」

「はい。お茶を淹れに」

「あー……じゃあ、俺のも頼んでいいかな」

「はい、分かりました。緑茶でいいですか？」

「ああ、お願いします」

私は笑顔で頷き、給湯室で自分と主任のお茶を淹れる。それを両手に持って部署に戻り、秋川主任のデスクに近づいた時だった。背後に人の気配を感じて振り返ろうとすると、いきなりどん、と背中を押され、持っていたカップからお茶が零れてしまう。

「あっ!!」

お茶は書類やパソコンにはかからなかったものの、座っていた秋川主任の背中に思いっきりかかってしまった。それを見た私の顔から、一気に血の気が引いていく。

「も、申し訳ありませんっ……!!」

急いでカップを自分のデスクに置いた私は、スカートに入れていたハンカチで主任のジャケットを拭こうとした。それを、立ち上がった主任が制止する。

「ジャケットなんかいい。それより、新行内さんは火傷(やけど)しなかった？」

主任に手を掴まれドキッとする。けど、今はそんなことを気にしている場合じゃない。

「私は大丈夫です。私より、主任の方が大変なことに……背中は大丈夫ですか!?」

主任は私の腕を放すと、お茶のかかったジャケットを脱ぐ。そして濡れた場所をチェックすると、自分のハンカチでささっとお茶を拭き取った。

「このスーツ、撥水加工がしてあるから大丈夫。ほら、これでもうなんともない」

にこっ、と微笑む主任だけど、よく見たらシャツの襟(えり)や袖(そで)も濡れていることに気づく。

「主任、シャツにお茶の染みが……すぐに洗ってくるので脱いでください」

脱いで、という言葉を発した途端、主任と周囲にいる社員がギョッとして私を見る。

「いや、でも……」

「早く!!」

遠慮する主任に有無(うむ)を言わせぬ強い口調で促(うなが)すと、主任がシャツを脱ぎだした。インナーの白い

Tシャツ姿になった主任は、脱いだシャツを私に差し出してくる。

「……はい」

「急いで染み抜きしてきます！」

慌てて洗面所に駆け込み、お茶で濡れた襟（えり）と袖（そで）を備え付けの洗剤で部分洗いする。そして、持っていたタオルハンカチでシャツを挟み、早く乾くように水分をしっかり吸収させる。

昔、服にジュースを零した時、秀一郎がこうやって応急処置をしてくれたのを思い出しながら、私は必死にシャツから水分を吸い取らせた。

――これくらいで大丈夫かな。

染みにならなかったのはいいが、迷惑をかけたことに変わりはない。私は落ち込みながら部署に戻り、主任に頭を下げつつシャツを渡した。

「本当に、申し訳ございませんでした……」

どうぞ好きに罵（ののし）ってください。そんな気持ち項垂（うなだ）れていると、主任は意外にも「ありがとう」と笑顔でシャツを受け取った。

「お茶を頼んで正解だった。それより新行内さんの剣幕に驚いた……普段とのギャップがすごくて」

――ギャップ？

「……そう、ですか？」

自分ではよく分からなくて、首を傾げる。

「うん。まあ、気にしなくていいから。どこかに躓いた？」

「え？　躓い……」

あの時は、後ろから誰かに背中を押されて……

でも誰がそんなことをと、何気なく周囲を見回す。すると、ちょうどこっちを見ていた江渕さんと目が合い、すぐに逸らされる。

――もしかして、江渕さん……？

でも証拠などどこにもない。私はモヤモヤした気持ちを抱えながら、仕事を再開した。

秋川主任はしばらくシャツを椅子に掛けて乾かしていたが、いつの間にかそれを着て仕事に戻っていた。

気にしなくていいと言われたけれど、申し訳なさに気持ちは沈んだままだった。

――こんな時、どうしたらいいんだろう。私にできることはなんだろう。

仕事で返すのはもちろんだけど、それだけでは私の気が収まらない。

悩んだ結果、私は昼休みにある人に電話をかけた。

『……はい？　お茶を……なんですって？』

「だから、直属の上司に、ちょっとしたアクシデントでお茶をかけてしまったの！　こんな時どうしたらいいの？　私、どうやって償えば……」

まさか私からこんな電話がかかってくるとは思いもしなかったのだろう。珍しく電話の向こうで沈黙していた秀一郎が、ようやく口を開いた。

『涼歩様……あなた、会社で一体何をやっているんです……』

心底呆れたような口調で言われる。でも、今はそれどころではないのだ。

「い、いつもこんなことしてるわけじゃないわよ!?　今日はたまたま……で、私、どうしたらいいかな……上司は気にしなくていいって言ってくださってるんだけど、そういうわけにも……」

『まあ、その場合、誠意ある対応をすべきでしょうね』

きっぱりと断言され、私は考えていた案を伝える。

「じゃあ、濡れたシャツと同じものを買って返すというのはどうかしら？」

『それは難しいと思いますよ』

「どうして？」

『男性用のシャツは、襟の形から柄に至るまで多数あるからですよ。それに正しいサイズを測らないといけません。涼歩様がその方の首回りや胴回り、肩幅や袖の長さなどを測るわけにはいかないでしょう？』

そこまで必要だということを初めて知った私は、口をあんぐり開けたまま言葉を失った。

――そ、そうなんだ……知らなかった……

てっきり女性のようにMとかLとかで買えるものだと思っていた私は、途方に暮れてしまう。

「……じゃ、じゃあどうしたらいいの？　他に何か……」

『どうしても何かお詫びの品を贈りたいのであれば、ネクタイなどいかがです？』

「ネクタイ……」

言われて、ぼんやりと頭に主任のネクタイが浮かぶ。

『ネクタイなら、サイズを測る必要はありませんし、涼歩様でも入手しやすい。ただ、好みがありますので、お渡ししても趣味が合わないと使ってもらえないということも起こり得ます。そこは慎重に選ぶ必要があるかと』

「なるほど……分かったわ。早速、今日の帰りにネクタイを探しに行ってみる」

『……謝罪の品を贈るのは結構ですが、ちゃんと上司の方に謝罪はしたんですか？　その方は男性ですよね？　おいくつぐらいなんです？』

「あっ、えっと……それはまた改めて連絡するから！　じゃあね」

『涼……』

私は秀一郎との電話を強引に切った。

――よし、今日は買い物行くぞ。

そのためには、今取りかかっている仕事を、夕方までに全部終わらせる必要がある。

これまでにないくらい集中力を高めた私は、無事に終業時刻までに仕事を終え、会社を出て繁華街方面の電車に飛び乗った。そして、私が昔からお世話になっているショップに向かう。

私が店に入ると、見覚えのあるスタッフがすぐこちらに気づき、笑顔で出迎えてくれた。

「これは、新行内様！　ご無沙汰しております」

「こちらこそご無沙汰しております。あの、店長さんはいらっしゃいますか……？」

「はい。少々お待ちくださいませ」

女性のスタッフが一旦奥へ引っ込むと、すぐに上品にスーツを着こなした初老の男性が姿を現した。店長は私の顔を見るなり、頬を緩めて近づいてくる。

「新行内様、ご来店ありがとうございます！　今日はお一人ですか？」

私がここに来る時は、いつも秀一郎だったり母だったりが一緒だったので、一瞬返す言葉に困ってしまう。でも、私がサラッと流すように「はい」と返事をすると、店長はそれ以上そこには触れてこなかった。

「店長さん、お久しぶりです。実は、相談したいことがあって……」

「相談、でございますか？」

私はここに来るに至った事情をかい摘まんで説明する。

上司の男性に迷惑をかけてしまったので、お詫びにネクタイを差し上げたいこと。でも、身内以外の男性に物をあげたことがないので、何を選んでいいか分からないこと。そこで、店長さんにネクタイを見立てていただきたいことをお願いした。

すると店長は、私のお願いを快く聞き入れてくれる。

「お安い御用です。でも、新行内様の好みで選んだとしてもきっと大丈夫だと思いますよ。では、こちらへ」

店長に誘導され、ネクタイが置いてある棚の前に移動する。

「差し上げる方は、普段どういったネクタイをされてますか？」

「そうですね……えっと……」

言われてみても、あまり秋川主任のネクタイの柄が思い出せない。あんなに近くにいるのに。

「すみません、思い出せません……」

困ったように項垂（うなだ）れる私に、店長はクスッと微笑んだ。

「いえ、大丈夫ですよ。その方は若い方ですか？」

「はい、三十一歳だと伺（うかが）いました」

年齢を言ったら、店長が顎（あご）に手を当て考え込む。

「でしたら、この辺りのものはいかがでしょう」

店長がネクタイを何本か選ぶと、それをガラスケースの上に並べた。どれも発色が美しく、だけど派手すぎない柄だ。

「わぁ……どれも素敵ですね。目移りします」

スタイルのいい主任なら、どんなネクタイでも似合ってしまいそう。

そんなことを考えながら選んでいると、あるネクタイに目が釘付けになる。それは濃いグリーンとブルーのストライプ柄に、ブランドのアイコンがさりげなく刺繍（ししゅう）されているもの。

そのネクタイを身につけた秋川主任の姿を容易に想像することができて、私の胸が急速に熱くなってくる。

――これ、主任にすごく合いそう。うん、いいかもしれない。

「これにします」

「かしこまりました。では、お包みいたします」

店長さんが笑顔でネクタイを持って裏に行く。

しかし、男性にプレゼントを買う、という行為が初めてだからか、ソファーに座って待っている間も、なんとなくソワソワして落ち着かない。

本当にあれでよかったのか。もしかしたら主任の好みではないかもしれない。そんな考えが頭をよぎったが、ここは自分の直感を信じることに決めた。

カードで支払いを済ませると、店長から綺麗にラッピングされたネクタイを受け取る。

「本日はありがとうございました。またのご来店を心よりお待ち申し上げます」

「こちらこそありがとうございました！　また来ます」

見送ってくれる店長に一礼をして、私はお店を後にした。


そして翌日。私は出勤してすぐ秋川主任を部署の外に連れ出した。

「あの、これ昨日のお詫びです。受け取ってください」

さすがにショップバッグでは目立つと思い、無地の茶色い紙袋に入れ直したネクタイを主任に差し出す。秋川主任は、何故かポカンと口を開け紙袋を見つめていた。

「え？　お詫びって……まさか、昨日のお茶を零した、アレ……？」

「はい」

私がこくんと頷くと、秋川主任は慌てたように「いやいやいや！」と素早く首を横に振った。

「いいよ。あんなこと気にしないでくれ。ここまでしてもらうようなことじゃない」

「そういうわけにはいきません。本当ならシャツをお返ししたかったのですが、サイズが分からなくて……なので、ネ、ネクタイなんですけど、よかったら使ってください！」

「いや、でも……」

「受け取っていただけないと、私では使い道がないので困ってしまいます……」

私は秋川主任を見上げながら、「受け取ってください」と念を送る。すると初めは困惑気味だった秋川主任が、観念したように差し出した紙袋を受け取ってくれた。

「じゃあ、遠慮なく……どうもありがとう。でも、今後はこういうことはしなくていいから。いいね？」

「はい……！　ありがとうございます！」

窘（たしな）められたけど、受け取ってくれたことが嬉しくて、つい顔が笑ってしまう。

「中、見てもいい？」

「どうぞ！」

私が即答すると、秋川主任は苦笑しながら紙袋を開け、中に入っていた箱を取り出す。その箱を見た瞬間、明らかに秋川主任の表情が強張（こわば）った。

「……あの、新行内さん？　このブランドって……」

「私が昔からお世話になっているお店なんです。ご存じですか？」

けろりと答えた私に、秋川主任が動揺を見せる。

「ご存じも何も、ここ滅茶苦茶有名だし……っていうか、この店のネクタイって、値段……」

眉をひそめる主任を見て、もしかして返されるかもしれないという不安が頭をよぎる。

どうしても返されることだけは避けたくて、私は慌てて秋川主任の言葉を遮った。

「どうぞお気になさらず！　ほんの気持ちですので!!　で、では私はこれで失礼いたします！」

「え、ちょっと、新行内さん？」

私は、急いで一礼すると秋川主任を置いて、先に部署の席に戻った。

何はともあれ、無事お詫びの品を渡すことができて、ひと安心する。

しかし、安心したせいなのか、それともこのところの繁忙期のせいか……マンションに帰る途中、急に体がだるくなってきた。

――おかしいな……なんか、調子悪い……

どこにも寄らず真っ直ぐマンションに帰り、手洗いうがいをしてすぐ救急箱から体温計を取り出して熱を測ってみる。

【38．3】

――うそ……こんなに熱出したの何年ぶりだろう……

今の今までは気を張っていたせいもあり、しっかり歩いて帰ってくることができたのに、いざ発熱が判明すると途端に体から力が抜けていく。

「え、えっと……とりあえず寝よう……」

急いで着替えを済ませ布団を敷き、その中に潜り込む。そのタイミングで電話がかかってきたので、スマホを手に取った。見れば秀一郎からの着信だった。

「……もしもし……」

電話に出ると、いつも通りの声が聞こえてくる。

『涼歩様？　帰宅されましたか』

「うん」

『涼歩様の大好きなフルーツパーラーの前にいるのですが、例のケーキを買っていきましょうか？』

いつも不思議に思っているのだが、何故秀一郎はちょくちょく私の好きなフルーツパーラーにいるのだろう。もしかして秀一郎もフルーツが好きなのだろうか。

「ううん……今日はいい……熱出ちゃったから……」

正直に言ったら、秀一郎が無言になる。

『……今、熱が出た、と仰(おっしゃ)いました……？』

「言いました。だから、残念だけどケーキは食べられないの。今日はこのまま寝るね、おや……」

『それは一大事!!　涼歩様、今すぐ秀一郎が参ります!!』

電話を切ろうと思っていたところに、耳元で叫ばれて、げっ、となる。

「ええ……？　いいよ、今日はもう寝る……それに秀一郎に伝染(うつ)ったら大変だし……」

『そんなこと言っている場合ではありません！　では後ほど!!』

「しゅう……」

いいから、と言う前に通話が切れてしまい、思わずスマホを見つめてため息をついた。

――もう……心配性なんだから……

そう思いつつ、心配してもらえることがどこか嬉しい。そんなちぐはぐな気持ちを抱えたまま、私は眠りに落ちてしまったのだった。

それからどれくらい時間が経過したのか、私が目を覚ますと、部屋の中には何やら美味しそうな匂いが漂っている。

「……この……匂いは……」

匂いの元であるキッチンに目をやると、秀一郎の姿があった。彼は私の声に反応してこちらを見ると、困り顔で近づいてきた。

「お加減はいかがですか？　先ほどお医者様に診ていただいたのですが、風邪だろうという診断でした。おそらく疲れが一気に出たのではないかと」

「え？　お、お医者様がいらしたの？　全然気づかなかった……」

体を起こすと、秀一郎がスープ皿にお粥を入れて持ってきてくれた。私の好きな、中華風のお粥だった。

「よく眠っていましたからね。さ、食事は取れそうですか？　少しでもいいので食べて薬を飲んでください」

トレイに載せたお粥とレンゲが手渡され、早速お粥に口をつけた。

「美味しい……」

「涼歩様の好きな中華粥のレシピを料理長に聞いて、簡単にアレンジしたものです。さすがに料理長の味は出せませんが、なかなか近づけたと思いますよ」

秀一郎はお茶の入ったマグカップを、私の布団の脇に置いた。

「うん、そっくり。美味しい。秀一郎、来てくれてありがとう。……やっぱり具合が悪い時は誰かがいてくれた方が心強いね」

「それは当たり前です。だから家に帰れ、と再三申し上げているのですよ。今日はたまたま電話したお陰で気づけましたが、もし私が電話しなかったら、涼歩様は熱を出したことを仰らなかったでしょう」

言い当てられて、グッと言葉に詰まる。

「……だって、言ったら心配かけるし……」

「当たり前でしょう。何かあったら隠さずちゃんと報告してくださいよ！」

「分かりました……ごめんなさい」

お粥を食べながら頭を垂れていると、秀一郎がやれやれと口を開く。

「今日のことは旦那様と奥様には内緒にしておきます。早く元気になってください」

「うん……ありがとう」

――やっぱり、実家の力を借りずに全部一人で、なんて無理なのかな……

いつになく弱気になっているのは、風邪のせいだと思いたい。

早く治さなければと、私はお粥を全部食べて薬を飲んだ。そして、秀一郎が見守る中、再び眠りに就いたのだった。

翌朝目覚めると、体のだるさはだいぶ治まり、平熱に戻っていた。だけど、念のため今日は仕事をお休みした方がいいだろうと、朝一で会社に休むことを伝える。

——今日一日しっかり寝て、明日は万全の体調で出社できるようにしなきゃ。

食べるものは昨日秀一郎が作ってくれたお粥(かゆ)がまだあるし、冷蔵庫の中には多少食材もある。

私はもぞもぞと布団に入り、午前中はずっと寝ていることにした。

それから数時間後、スマホのピリリ、という電子音で目を覚ました私は、ぼんやりしたままスマホを取り、通話をタップする。

「もしもし……」

きっと秀一郎だろう。そう思っていた私がとんでもなく低い声で電話に出たら、スマホの向こうから聞こえた声は秀一郎ではなかった。

『秋川です』

スマホから聞こえてきた若々しい声に、頭が理解できずパニックを起こす。

——ん？　今なんて？　あき……あきかわ、って……

「あ、秋川主任!!」

電話の相手が分かった途端、私は勢いよく布団から飛び起きた。

「しゅっ、しゅに……しゅにん!?　どど、どうして……!?」

『いや、どうも何も風邪を引いたって聞いたから。大丈夫？　食う物とかちゃんとある？』

気持ちを落ち着けて主任の声に耳を傾ける。

「あっ……ハイ、すみません。大丈夫です。食べ物もあります……」

――ああ、いい声……ずっと聞いていられる……

秋川主任の声で目覚まし時計を作ってもらったら、きっと目覚めが最高です。

なんてうっとりしていると、主任が先に口を開いた。

『そうか、それならいいんだけど。このところ忙しかったから、一気に疲れが出たんだろう』

確かにこのところバタバタしていたかもしれない。夕飯も買い出しが面倒で簡単に済ませたりしていたし。

「ご迷惑をおかけしてすみません……。明日は出社できますので」

『いや、仕事のことは心配いらない。無理せず、明日もう一日くらい、ゆっくり休んだ方がいいよ』

熱は下がったので明日は出社しようと思っていたけど、秋川主任がそう言うのならやめた方がいいのかもしれない。私は素直に頷いた。

「……分かりました……」

『そうして。でさ、具合の悪い時に悪いんだけど、先日預けた書類、どこにしまったかすぐ分かる？』

「えっ？　それなら、私の引き出しのファイルにありませんか？」

『そうかなと思って、見ようとしたら、鍵かかってて開かないんだ』

「え」

秋川主任に言われてハッとした私は、スマホを耳に当てたまま通勤で使用しているバッグの中を漁る。すると思った通り、キーホルダーの付いた引き出しの鍵が出てきた。

——ああっ……!! そうだ、大事な書類だからって鍵のついた引き出しに入れたんだ……!! よかれと思ってしたことが、仇になるなんて……

「申し訳ありません!! 鍵、私が持ってます……」

『あー、やっぱり? いや、最初は急ぎじゃなかったんだけど、先方が急に納期を早めてくれって言ってきてさ。う〜ん、どうするかな……』

「あの、これから届けます」

『それはダメ。だったら俺が取りに行くよ。休んでる時に悪いけど、仕事が終わり次第、取りに向かうんで、近くまで行ったら場所教えてくれる? じゃ、また後で連絡する』

「は、はい。分かりました、じゃ……」

承諾して普通に電話を切った私は、しばらくの間スマホを見つめてぼーっとしていた。徐々に頭が事態を呑み込むにつれて、今度は軽いパニックになる。

——秋川主任が! ここに……来る!!

慌ててスマホを見れば、現在時刻は午後三時を回っていた。主任が来るまではまだ数時間あるが、とてもじゃないが寝てなんかいられない。

——昨夜はお風呂にも入っていない。こんな姿で秋川主任と顔を合わせるなんてできない!

私は慌てて立ち上がると、バスルームへ駆け込んだのだった。

主任が来ると思ったら、緊張で悠長に寝てなんかいられない。

とりあえず病人が化粧をするのはおかしいので、ノーメイクのまま服だけパジャマから部屋着に着替えた。そして、そわそわしながら秋川主任の電話を待つ。

何度か私を送ってくれたことのある主任は、近くまでは分かるはず。なら、連絡が来るのはマンションの近くに到着した頃だろう……と、自分の中で何度もシミュレーションを繰り返す。

そうこうするうちに、あっという間に時間が過ぎ、終業時刻を回った。

忙しい主任のことだ、きっと連絡が来るのはもっと後だろう。

そう思っていたのだが、意外にも終業時刻から一時間も経たずに主任から電話がきた。

「はい！」

『新行内さん？　秋川です。今タクシーで向かってる。もうすぐこの前君を降ろした辺りに到着するから、マンションの名前と部屋番号を教えてくれる？　地図で探すから』

言われてなるほど、と思いながらマンションの名前と部屋の番号、それとインターホンの使い方を伝えると、『了解、じゃあ後ほど』と言って電話は切れた。

――……どうしよう、すごくドキドキする。

何度も深呼吸をして気持ちを落ち着かせながら主任を待っていると、ついに部屋のインターホンが鳴った。解錠して、上がってきてくださいと声をかけたら『今から行きます』という主任の美声がスピーカーから聞こえてくる。

――い、いい声だなぁ……!!

ウットリしたまま待つこと数分。部屋の中にピンポーンというチャイムが鳴り響いた。

「はい！」

玄関を開けた瞬間、ドアの隙間から秋川主任の姿が見えて、ドキドキが最高潮に達した。

「こんばんは。悪いね、体調の悪い時に」

申し訳なさそうに微笑む主任に、私はブルブルと首を横に振った。

「いえ、もう熱は下がりましたし、大丈夫です。……あ、これ鍵です。お手数をおかけしてしまい申し訳ありませんでした」

主任は私から鍵を受け取ると、いやいや、と手をヒラヒラさせる。

「こちらこそ。じゃあ、必要なファイルを抜いたら、また鍵をかけておくんで。あと、これはお見舞い」

主任が持っていた紙袋を私に差し出してくる。

「えっ……お見舞い？」

まさかそんなものをいただけるとは思いもせず、恐る恐る紙袋を受け取った。

「うん。新行内さんの好みがよく分からなかったから、適当にいろいろ買ってきたんだけど」

「ありがとうございます、中、見てもいいですか？」

「どうぞ」

紙袋を覗き込むと、中にはスポーツドリンクやお茶、それにレトルトの雑炊やお粥が入っていた。

──こんなにたくさん……!! 私のために……?

「本当は、もっと旨いものを買ってあげたかったんだけど、今回は胃に優しいもの限定、ってことで」

「……ありがとうございます、嬉しいです!」

秀一郎が作ってくれたお粥は食べてしまったし、心の底から主任の心遣いに感謝する。

本当に、なんて素晴らしい上司なのだろう。

そんな優しい主任をずっと玄関の外に立たせていることに気がつき、私は「あっ!」と声を上げた。

「すみません! 主任、どうぞ部屋に入ってください。何もない部屋ですけど、お茶でも……」

布団はちゃんと畳んで部屋の端に片付けたので、見られて困る物はないはずだ。

しかし主任は、何故か毅然と断ってきた。

「いや、ここでいい。もう帰るから」

「え、でも……」

せっかく来てくれたのに、このままお帰りいただくのはなんだか申し訳ない。

私がどうしたらいいか迷っていると、いきなり私のスマホがピリリリと鳴り出した。

「あ、えーっと……誰だろう……」

「ここで待ってるから、どうぞ?」

「すみません……」

主任のお言葉に甘えて急いでスマホをチェックする。電話をかけてきたのは秀一郎だった。

――どうしよう、出るべきか……でも、電話に出なかったら秀一郎のことだ、私に何かあったと勘違いして飛んできそうな気がする。

これは――出るしかない。

「すみません、すぐ済ませますので！」

主任に一言断ってから通話ボタンをタップすると、秀一郎の声が飛んできた。

『涼歩様!? もしかして体調が悪いのではないですか!? 熱は!?』

「ご、ごめんなさい。大丈夫、もう熱は下がったから……」

そう言った途端、秀一郎の声のトーンがいつも通りになった。

『そうですか、それならいいのです。安心いたしました』

「ごめん、今ちょっと取り込み中で……後で電話をかけ直すから切るね」

安心してもらったところで穏便に電話を切ろうとすると、再び秀一郎の声が飛んできた。

『取り込み中!? まさか、誰か来ているのですか？ 何を考えているのです、まだ病み上がりの身なのですよ!?』

「いやその……ちょっと仕事のことで急用があって……上司が……」

『上司……？ それなら私が今すぐ出向いても問題ありませんね』

「えっ!! それはダメ！」

つい声を張り上げてしまい、ハッとして秋川主任を見る。でも、主任は私に背を向けていてこちらを見てはいなかった。

「と、とにかく。今はダメだから。後で電話する。じゃ、切ります」

そう言って電話を切った私は、スマホをテーブルに置き主任の元へ戻った。

「すみません、お待たせしてしまって」

私の顔を見て、いや。と微笑む主任。だけど何故かすぐに部屋の壁に手をつき、神妙な顔で私を見つめる。

「今の電話だけど」

「えっ」

主任が電話のことを口にしたので、思わずドキッと心臓が跳ねる。

私、もしかして無意識のうちに新行内家と関係のある言葉とか、発してしまった？

ドキドキしながら主任の次の言葉を待つ。すると、主任はどこか言いにくそうに一度私から視線を逸らす。

「……声、少し聞こえてきたんだけど、電話の相手って、もしかして彼氏？」

「へ？」

「いや、なんかすごく親しげだったからさ」

一瞬何のことを言われたのかがよく理解できなかった。でも、すぐに主任が勘違いしていることに気がつき、ギョッとする。

「ちっ……違います!!　さっきのは……」

——執事って言ったら家のことがバレる。

「……し、親戚の、おじさんです……」

咄嗟(とっさ)についた嘘に、主任が眉をひそめる。

「おじさん……？」

「そ、そうです！　おじさんです。私が熱を出したと知って、心配して電話をくれたみたいで……決して彼氏とかではありませんから!!　そもそも私、お付き合いしている方なんていませんし!!」

私があまりに必死に否定したからか、主任は、分かったと言って、それ以上は聞いてこなかった……のだが。

ずっと私を見ていた主任が、いきなりその手で私の頬に触れた。

——エッ。

「顔赤いけど。もしかして熱が上がってきたんじゃないか」

確かに今、すごく顔が熱い。ついでに体も熱い。いや、それよりも頬に触れる主任の手が気になって、それどころではない。

「そ……そんな、ことは……」

「いや、これ、どう考えても熱が上がってるだろう。早く布団に戻った方がいい」

主任が私の部屋を覗(のぞ)き込む。でも、布団はさっき畳んで部屋の隅に片付けてしまった。

「あ、えーと……はい。主任が帰られた後、ちゃんと休みます」

部屋の中と私を交互に見ていた主任は、私の頬から手を離すと、いきなり靴を脱ぎだした。

「……申し訳ないけど、ちょっとだけ部屋に上がらせてもらうよ。布団はどこ？」

そう言って部屋に上がってきた主任に戸惑いながら布団の場所を指差すと、彼は部屋の中央にあったテーブルをどかして、布団を敷いてくれた。

「す、すみません！　上司である秋川主任に布団を敷いていただくなど、私ったらなんて恐れ多いことを……」

「いや、大げさだし。それよりも部屋の中、綺麗にしてるな」

「いえ、これは秀一郎が……」

名前を言った途端、主任の手が止まる。

「秀一郎？」

「えっと……さっき話したおじさんです……ち、小さい時から私の世話を焼いてくれる人で……おじさんというか、おじいさんというか……」

しどろもどろになりながらなんとか説明をすると、主任が苦笑いする。

「世話焼きじいさん、か。まあ、親族に一人くらいいるよな、そういう人」

なんとか誤魔化せて胸を撫で下ろしていると、歩み寄って来た主任に腕を掴まれ、そのまま布団まで連れて行かれた。

「はい、君は大人しく寝る！」

「は、はい……」

主任の勢いに押され、私は言われるまま布団に入った。

「明日も休みで報告しておくから。しっかり休んで、元気になるまで出社しなくていい。これは、上司命令な」

布団の横で立て膝をつき私を見下ろす主任。

口調は強めだけど、言っている内容はすごく優しい。いつだって主任は、私が困っていると颯爽と現れて助けてくれる。なんだか、ヒーローみたいだと思ったら、自然と頬が緩んでしまった。

「ふふっ……私、主任のそういう優しいところ、大好きです……」

布団を被りながら、無意識に出た言葉に、ハッとなる。

――あれ？　今、私、思っていたこと口に出した……？

慌てて主任を見ると、何故か彼は口元を手で押さえ、壁の方を向いていた。

「あの、主任……？」

少し体を起こして主任に声をかけると、口元から手を放した主任が「なんでもない」と言って立ち上がった。その主任の耳が心なしか赤いような気がする。

――まさか……！

「主任、もしかして風邪が伝染ったんじゃ……？」

「いや、伝染ってないから。あーもう、くそっ……」

――くそ？

主任の口からあまり出ることのない言葉にキョトンとする。

そんな私をチラッと見てから、主任は私に向かってビシッと指を突き付けた。

「俺のことはいいから、君はちゃんと寝てなさい。いいね？」

「は、はい」

「じゃ、帰ります。お大事に」

「……あっ、あの、主任！　来てくださって、ありがとうございました！」

主任の背中に声をかける。主任は、背を向けたまま手を上げ、静かに部屋を出ていった。

——行っちゃった……

私は、主任が持ってきてくれた紙袋を眺める。私のために主任が選んでくれたのだと思うと、それだけで嬉しくて顔がニヤけてしまう。

「嬉しいな……」

なんとも言えぬ幸福感でほっこりしていると、いきなり来客を知らせるチャイムが鳴り、ビクッとする。

「え？　誰？」

まさか主任が戻って来た？

ドキドキしながら玄関のモニターを覗き込む。しかし、そこに映し出されているのは、秀一郎だった。

——そんなわけないよね。

気持ちを切り替えて玄関ドアを開けると、眉根を寄せた不機嫌そうな秀一郎が土鍋を持って立っていた。

「だいぶお元気になられたようで。入ってもよろしいですか？」

「あ、うん。どうぞ」

秀一郎はこの部屋の鍵を持っているが、緊急時を除き私が部屋にいる時は、こうやってインターホンを鳴らしてくる。その辺りは気を遣ってくれているらしい。

彼は私の部屋に入るなり、主任が持ってきてくれた紙袋に気づいたようだった。

「これは先ほどの男性が持ってきてくださったのですか」

「そうなの……って、ええっ⁉　なんでそれを……‼」

驚く私を一瞥（いちべつ）した秀一郎は、持っていた土鍋をコンロに載せ、温め始めた。

「電話を差し上げた時、既にマンションの前まで来ていたのですよ。あの時の涼歩様の様子からして、部屋に誰かが来ているのは明白でしたからね。そのまま車の中で待機していたところ、若くて背の高い男性がマンションから出て来たので、ピンときました」

秀一郎が鋭いのか、私が抜けているのか。主任がここに来たことがあっさりバレてしまい、何も言い返せなくなる。

「遠目に見ただけですが、かなりの美男子でしたね。涼歩様はあの方がお好きなのですか」

ズバッと指摘され、思わず黙り込んでしまった。

自分の気持ちを誤魔化すことはできない。だって、さっき部屋に来た主任の顔を見た瞬間、はっきりと分かってしまったから。

私は秋川主任のことが、好きなのだと。

「……秀一郎は、どう思う……？」

自分の気持ちをはっきり自覚したけれど、秀一郎には曖昧な返事をする。

こちらを向いた秀一郎は、複雑そうな表情をしていた。

「こんなことを言いたくはないのですが……あなたは名家、新行内家の一人娘です。このままいけば、涼歩様の配偶者となる方が新行内家の次期当主となる可能性が高い。それを考えますと、先ほどの男性が新行内家と釣り合う家柄の出身でない限り、応援することはできかねます。簡単に言えば、あなたには相応しくありません」

「……秀一郎……」

秀一郎は、新行内家に長年尽くしてくれている執事だ。たとえ血の繋がりはなくても、私にとって身内と変わらない。

そんな相手に、きっぱりと相応しくないと言われてしまうと、さすがにショックが大きかった。

何かを言う気にもならず、私は布団に戻ると、そのままぱたんと倒れ込んだ。

「涼歩様、大丈夫ですか。熱が上がってきたんじゃないですか？」

キッチンから秀一郎が声をかけてきたけど、私は「大丈夫」と答えることしかできなかった。

――私は、自由に恋をすることもできないの……？

新行内家に生まれて二十二年。この家に生まれたことを嫌だと思ったことは一度もない。

だけど、私は、今初めて、新行内家に生まれなければよかったと思ってしまった。

——分かっていたはずなのに……

突き付けられた現実に、胸が苦しくなる。

私一人のわがままで長年続いてきた新行内の家が廃れるようなことは、あってはならない。家を出ていても、それは重々承知していた。

両親、秀一郎や啓矢。親族の顔が次々と頭に浮かんでくる。みんな大好きだし、大切な存在だ。新行内の一人娘である私が、それを蔑ろにすることはできなかった。

秀一郎の言葉は正しい。だからこそ、私は自覚したばかりの主任への気持ちを、表に出すことはできないのだと思い知る。それが、予想以上に応えた。

「さ、今日は和風のお粥にしてみましたよ。食後に薬もちゃんと飲んでくださいね」

「うん……」

秀一郎が温めてくれたお粥は、実家にいる時よく食べていた好物の一つ。だけど、今日のお粥は、何故かいつもみたいに美味しく感じなかった。

五

すっかり体調の回復した私は、いつも通りに出勤し自分の席に着く。するとちょうど秋川主任も同じタイミングで出勤してきた。

「おはよう。もう体調はいいの？」

主任の爽やかな微笑みに、私の胸がドキッとする。だけど、今はそんな風に反応してしまう自分が悲しい。

「お、おはようございます。はい、先日はお手数をお掛けしてしまい申し訳ありませんでした……」

「いや、元気になったのなら、それで全部チャラだ」

そう言って目尻を下げる主任と、本当はもっといろいろ喋りたい。

鍵の件は申し訳なかったとか、買ってきてくれたお粥が美味しかったとか、お見舞いすごく助かったとか。お陰様で元気になりました、とか……

だけど私は、それらを全部ひっくるめて胸の奥へ呑み込んだ。

「本当に、ありがとうございました」

短いお礼の言葉で会話を終え、私は主任に会釈をして前を向く。

主任への気持ちを自覚した直後、秀一郎の言葉で現実を突き付けられた私。さんざん悩んだ結果、この気持ちに蓋をすることを決意した。

だけど……実際にできるかと言われると、結構難しい。それを、出社早々に実感した。

秋川主任は私が生まれて初めて好きになった人だ。今でも彼のことを考えるだけで、心に羽が生えたみたいに、ふわふわと心地よくなる。

――本当はこれまでみたいに接したい。でも、主任の顔を見ると好きという気持ちが溢れて、気持ちが抑えきれなくなる。

自分の中の相反する気持ちを抑え込もうとして、私は必要以上に難しい顔をしていたのかもしれない。そのせいか、それとも病み上がりだからと気を遣ってくれたのか、主任はそれ以上話しかけてはこなかった。

余計なことを考えないように、黙々と主任に振られた仕事に没頭する。だけど――

「主任、先ほど頼まれた書類ができました」

「ああ、ありがとう」

書類を手渡そうとした瞬間、主任の指が触れそうになってしまい、思わずビクッとして書類を落としてしまった。

「す、すみません」

私が慌てて書類を拾おうとすると、秋川主任がそれを手で制した。

「……いや、いいよ」

そう言ってくれた秋川主任だけど、心なしか声のトーンがいつもより低い。

主任のことを意識するあまり、態度がぎこちなくなってしまう。そんな私の変化に、主任も気づいているに違いない。

――もしかして、気分を害してしまっただろうか。

そんな思いがぐるぐると頭の中を駆け巡る。しかしこの後も、普通にしようと意識すればするほど、よそよそしい態度になってしまった。

あからさまに避けるような態度はダメだと頭では分かっているのに、どうしても主任への接し方がぎこちなくなってしまう。そんな自分に落ち込んだ。

――どうしよう、上手くできない……こんなんじゃ、絶対主任に変だって思われちゃう。

秋川主任の見ていないところで、思いっきりため息をついて、自分の不甲斐なさに凹みまくった。

しかし、その不安はすぐに的中することになる。

さすがにおかしいと思ったらしく、昼休憩になったところで、私は秋川主任に呼び出しを受けることになった。

「ちょっといい？」

「……はい……」

いつになく険しい表情の主任に、私は怒られるのを覚悟して後をついていく。

大きな机が部屋の真ん中に鎮座するミーティングルームに入ると、主任がいきなり本題に入った。

「あのさ……俺、新行内さんに避けられるようなこと、何かした？」

ズバリ言われて、言葉を失う。そんな私を見つめ、主任は手で頭を押さえながらため息をついた。

「いろいろ考えてみたんだけど、俺には理由が思い当たらなくて……君が言いたくなければ、無理強いはしないけど」

明らかに困惑している。そんな主任の顔を見ていたら、申し訳なくて居ても立ってもいられなくなってしまった。

「ち、違います!!　主任は何も悪いことなんかしてません。むしろ……」

――悪いのは、あなたを好きになってしまった私なんです……

でもその事実は言えない。

私は一度言葉を呑み込んでから、主任に微笑みかける。

「仕事をお休みして、主任にご迷惑をかけてしまったので……それでちょっと、気を張りすぎていたみたいです。心配をおかけしてしまい、申し訳ありませんでした……」

でも、主任はまだ納得がいかないようで、いまだ眉間には深い皺が刻まれている。

「本当に？　ここには俺しかいないんだから、本当のことを言ってくれていいよ」

「本当です。気を遣わせてしまってすみません……」

笑顔でそう言うと、秋川主任は諦めたように、はーっと息を吐いた。

「分かった。もう行っていいよ」

「はい……失礼します……」

一礼して、ミーティングルームを出る。

――はあ……つらい……でも、自分で決めたことだし……

一瞬落ち込みかけたが、顔を上げフロア全体が視界に入った瞬間、ふと我に返る。

――そうだ、私は仕事をしにここへ来ているのであって、恋愛をしに来ているわけじゃない。

秋川主任のことを好きになってしまったのは想定外だったけれど、せめて部下としては足を引っ張らないように頑張りたい。彼の役に立ちたい……

私はそのことを思い出し、雑念を振り払おうとぶんぶん頭を横に振る。

――いつまでも凹んでる場合じゃない。やれることを精一杯頑張らなきゃ。

「新行内さん」

気持ちを切り替えて席に戻ろうとすると、同じ部署の男性社員から声をかけられた。

「はい」

「今、秋川に呼ばれてなんか言われた？　大丈夫？」

この男性は、秋川主任の先輩だ。だけど、彼より秋川主任の方が役職は上なのが気に入らないのか、以前からちょくちょく私の席に来ては秋川主任を悪く言ってきたりする。つまり、あまり印象のよろしくない人だ。

「はい。今の仕事状況について確認されただけですので」

にっこり笑顔で対応して、さっさと席に戻ろうとすると、何故か腕を掴まれ部署の端に連れて行かれた。

「あの、なんでしょうか」

こんなことをされると、途端に相手への不信感が増す。

「正直に言っていいよ。秋川に怒られたんだろ？　あいつむかつくよなあ、ちょっとばかし仕事ができて顔がいいからって調子乗ってて。俺、嫌いなんだよね」

ちっ、と舌打ちをするその男性に、思わずぽかんとする。

「……あの、ですから私、怒られていません」

「いいって、隠さなくたって。それよりさあ、新行内さん、あいつの補佐なんか辞めて俺の補佐やらない？　俺の補佐やってくれてる子、どんくさくて苛つくんだよね。新行内さん、仕事が早いみけども……

黙って聞いていた私は、そこでプチッとキレた。腸は煮えくり返っている

とはいえ、相手は先輩なので、できるだけ穏やかな対処を心掛ける。

「秋川主任の補佐は、大変学ぶことが多くやりがいを感じておりますので、お申し出はお断りします。それと、先輩にこんなことを言うのは失礼とは思いますが、私の尊敬する上司を愚弄しないでください……今後、こういったことはご遠慮いただけると助かります」

いくら先輩といえど、この人の言動はどうしても許せなかった。

――普段父から、目上の人は敬いなさいと言われているけれど、この方は無理です……!!

それに、自分を補佐する女性に対して、どんくさくて苛つくだなんて聞き捨てならない。女性を大切にできない男など、男ではない!! と、父がよく言っていたのを思い出し、怒りが込み上げる。

――同僚の女性を大事にできないこの男性は、男にあらず……!!

私が本気でぶちギレていると察し、さすがにマズいと思った男性が慌てて言い繕う。

「そっ、そんなに怒らなくても……ちょっとした軽口じゃんっ……」

「何を言ったんです」

慌てふためく男性の後ろから、まさかの秋川主任が顔を出した。

秋川主任に冷たい視線を送られた男性は、引き攣った笑みを浮かべながら、じりじりと私達から距離を取り始めた。

「何も！　新行内さん、さっき言ったことは忘れてくれ！　じゃ」

ぴゅーっと走り去って行く男性社員を見つめ、やれやれと肩の力を抜いていると、いきなり秋川主任から「ありがとう」とお礼を言われて驚いた。

もしかして主任、さっきの会話を聞いていたのだろうか。

「……あの、主任……？」

「全部は聞いてない。君が彼に連れて行かれるのが見えて、いやな予感がしたから。あの人、前から俺のことが気に入らないみたいでね。……それにしても、新行内さんが意外に強い口調で言い返してたから、びっくりした……けど、ありがとうな」

「……強い口調？　でした？　私……」

——おかしいな、できるだけ穏やかに対処したつもりなんですけど……

首を傾げていると、主任が困ったように視線を逸らした。

「あー……口調は穏やかだけど、なんていうか……新行内さんから怒りのオーラが出てたから、あの人もビビったんじゃないかな」

——怒りのオーラ……？　そんなものが私から出てるなんて、今まで言われたことないんだけど……

ますますよく分からないが、主任が言うのならそうなのかもしれない。

「そうなんですか……？　ただ私は、陰で何か言う行為が、許せなかっただけです」

正直に自分の気持ちを話したら、主任が無言のまま私を見つめ、その後、にこっと笑った。

「それでも、俺は君の言ってくれた言葉が嬉しかったから」

言った後、秋川主任は私を見つめ心底嬉しそうに目を細めた。その視線は、これまでにないくらい優しさに満ち溢れている。

その眼差しに囚われてしまったように、私は目を逸らすことができない。

——意識しちゃダメなのに……!!

私がこんなことを考えているなど知らない彼は、私の頭をくしゃっと撫でて、私の横をすり抜けていった。

必死に気持ちを抑え込んでいるのに、こんな風にされたら思いが溢れ出してしまいそうになる。

今まで何度も彼の笑顔を見てきたけど、その中でも今のはとびきりの微笑み。意識しちゃいけないと分かっていても、胸のドキドキを抑えることができなかった。

それから数日。秋川主任と微妙に距離を取りつつ、避けていると思われないように気をつけながら過ごした。

——いつも通りにしながら、距離を取るって難しい……

そんなことを考えながらランチから戻って来ると、私の前に一人の女性が立ち塞がった。江渕さんだ。

「新行内さん、ちょっといい?」

「……はい……」

——なんだろう。秋川主任絡みかな……

やだなあ、と思いつつ江渕さんについていくと、非常階段へ続く扉の前まで連れて来られた。

「ねえ。この前秋川主任と二人きりで、何を話してたの？」

立ち止まってすぐに、江渕さんが険しい顔で尋ねてくる。

「この前……？」

「ミーティングルームに二人で入っていったじゃない！」

「ああ、別にたいしたことでは……今の仕事状況に関するヒアリングです」

「……本当？　秋川主任の顔、見たことないくらい険しかったけど……。部下の女の子と二人でミーティングルームに籠もるなんて、今までの主任ならあり得ないもの。それに、ここ最近、主任があなたのことばかり見ているって気づいてる？　……あなた、主任と付き合ってるの？」

そう言って、江渕さんが険しい顔で詰め寄ってくる。

「……付き合っていません」

江渕さんを見つめて、きっぱりと否定する。それでも彼女はまだ信じられないというように、私に鋭い視線を送ってきた。

「本当に？　嘘言ってないでしょうね？」

「……嘘じゃありません、本当です」

そう言った私に、ようやく江渕さんの顔に笑みが戻る。

「そう。それならいいの。ほら、一緒にいる時間が長いと情が移りやすいじゃない？　それに新行内さん、女子校育ちで男性に免疫ないから、主任のイケメンぶりにやられちゃったんじゃないかなって思って。でも、そうよね。ライバルがたくさんいるの分かってるのに、わざわざ好きになったりしないわよね。ごめんなさいね、こんなところまで呼び出しちゃって」

江渕さんはニコッと微笑み、「もういいわ」と言って私の横を通り抜けようとする。

だけど私は、彼女の言ったことに胸がモヤッとした。

決して私は秋川主任がイケメンだから好きになったんじゃない。彼の優しさに、咄嗟の行動力や男らしさに惹かれたのだ。

——ライバルがたくさんいることなんて、ちゃんと分かってる。それでも私は彼のことが好きなのだ。

そう思ったら、もう黙っていることはできなかった。

「付き合ってはいません。でも、私、秋川主任のことが好きです」

ほとんど衝動的に、私は江渕さんに自分の気持ちを告げていた。

何故だか私は、ここで自分の気持ちに嘘をつくことができなかった。

ものすごい形相で振り返る江渕さんと、真正面から対峙する。

「……は？」

「これが、私の本当の気持ちです。江渕さんには嘘をつきたくなかったので……」

「嘘つきたくないって何？　自分の方が秋川主任に近いから、私より有利だとでも言いたいわけ？」

「ち、違います、ただ……」

「バカにしないで‼」

江渕さんは声を張り上げ、私を強く突き飛ばした。不意を衝かれた私はバランスを崩し、思い切り体の横から床に倒れ込んでしまう。

そんな私には目もくれず、江渕さんはカツカツとヒールの音を立てて去って行った。

「いた……」

どうやら倒れた時に足を捻ってしまったらしく、足首がジンジンと痛んだ。

――どうしよう……

我慢すれば部署まで戻ることはできそうだけど、いつものように徒歩でマンションまで帰ることを考えたら、不安しかない。

――それにしても、私、なんで江渕さんにあんなこと言っちゃったんだろう……

床にぺたんと座り込んだまま、私は重たい息を吐き出した。

主任のことが大好きな江渕さんにああ言えば、彼女が怒ることなど分かり切っていた。でも――【ライバルがたくさんいるの分かってるのに、わざわざ好きになったりしないわよね】

そんなことを当たり前のように言われたら、もう黙っていることなどできなかった。それだけ私は彼のことが好きなのだと、あの場面で再認識することになるとは思わなかった。

でも、この恋はきっと叶わない。

それでも、顔を合わせる度に大きくなる彼への気持ちに蓋をすることなんて、私には無理だ。

――もう、どうしたらいいのか本当に分からない……

立ち上がる気力も湧かず足首を手で押さえながら、私がハアーと大きなため息をついていると、人の足音が近づいてくるのに気づく。何気なく顔を上げると、秋川主任がこちらへ走り寄って来るのが見えた。

「新行内さん！」

「しゅ……主任!?　どうしてここに……」

こんな通路の端っこ、非常階段に用でもなければ絶対近づかない場所だ。そんな場所に何故主任が、と私の頭の中がクエスチョンマークでいっぱいになる。

秋川主任は床に座り込んだ私の側に屈み、さっと足首に視線を走らせる。

「どうした、捻ったのか」

「たぶん……それより主任、どうしてここへ……」

どう考えても江渕さんが主任に話したとは思えない。

「いや、たまたま君が江渕と部署を出ていくのが見えて、少し気になってね。そうしたら、戻って来たのはえらく不機嫌な江渕だけだったから、何かあったんだろうなと。……腕、俺の肩に回して……立てるか？」

「は、はい。でも、何故江渕さんと一緒だと気になるんですか……？」

私が主任の肩に腕を回すと、至近距離で見つめられドキッとする。

「この前、君がお茶を零したのを偶然見ていた社員がいて、俺に報告してきたんだ。お茶を持った君を、後ろから江渕が突き飛ばしたと」

「……っ」

――やっぱり……

あの時、私から視線を逸らした江渕さんを思い出す。

「……申し訳ない。君と二人になった時点で、何か理由をつけて引き止めるべきだった」

話しながら主任が私を立たせてくれる。腰を支えてもらって、足に体重をかけた途端、ズキッと痛みが走った。

「いたっ……！」

痛みに顔を歪める私を見た秋川主任は、「ちょっとごめん」と言って、私のもう片方の手を自分の肩にのせた。

「え？」

意図が分からずキョトンとしていると、いきなり主任の手が私の背中に触れ、次の瞬間、主任に両膝をすくい上げられていた。いわゆる、お姫様抱っこである。

「えっえっ、しゅ、主任!? ちょ、あの……」

ものすごく近くにある綺麗な顔や、背中と脚に触れる手にドキドキしてしまう。こんなの、動揺しないでいられるわけがない。

私がオロオロしていると、平然と私を抱き上げた主任が、真顔で私を見つめた。

「このまま医務室に行く。新行内さんは、落ちないように俺の首に手を回してくれる？」

この状態で医務室……考えただけで顔から火が出そうだ。

「ちょっ、待ってください！ いいです、大丈夫です、自分で歩きます……」

「立っただけで痛むのに、歩くなんて無理だろ！　それに無理してひどくなったらどうするんだ」

思いのほか強く窘められて、私は口をつぐむ。

「すみません……」

しょんぼりと俯くと、歩き出した主任の足がピタッと止まる。

「謝らなくていい。……頼むから、もっと俺を頼ってくれ」

「頼るって……私、今も充分、主任を頼ってます。頼りすぎて……逆に申し訳ないくらいです……」

「申し訳なくなんかない。むしろ、君に頼られない方が困る……俺は、そんなに頼りないか？」

そう言った主任の真剣な表情にドキッとする。私は、主任を頼りないなんて思ったことは、一度だってない。

「そんな……私は……」

「涼歩」

いきなり名前を呼ばれたことに驚いて、主任を見つめる。

「君に避けられたことで、黙っていられなくなった。……俺は、君のことが好きだ」

言われた言葉を理解するのに、数秒かかった。

——今、なんて……主任、が、私のことを好き……？

「うそ……」

あまりのことに言葉が出てこない私を見て、主任がクスッと小さく笑う。

ついでに周囲が気になって、キョロキョロと周りを見回した。でも通路の端っこということもあり、私達の方を気に掛けている社員は誰もいない。

「ほんと」

「だって、私……ご迷惑しかかけてないのに……」

「そういう風に考えちゃうところも可愛いと思っちゃうような、九つも年上の男だし、上司だし？　きっと相手になんかされないだろうなって思ってた。でも、やっぱり無理だ。そんなこと気にして好きな女一人守れないようなら、いっそのこと当たって砕けた方がマシだと腹が決まった」

「しゅ、主任……」

「君は……俺のことどう思ってる？　君にとって俺は、ただの上司でしかない？」

「そんなことありません！　私もす……好きです。主任のことが好きです……っ」

つい本心を打ち明けた途端、主任の目が見開かれる。それを見てハッとした私は、咄嗟に気まずくて俯いてしまう。

――主任を好きな気持ちに嘘はない。だけど……

【先ほどの男性が新行内家と釣り合う家柄の出身でない限り、応援することはできかねます】

秀一郎に言われた言葉が脳裏に蘇り、どうしていいか分からなくなった。

私は主任から目を逸らしたまま黙り込む。そんな私を主任が神妙な顔で窺ってくる。

「何か不安なことがあるのか？」

私を抱き上げたまま、主任がじっと顔を覗き込んできた。

「い、いえ……」

「君が人に言えない何かを抱えているのは、なんとなく気づいてる。できることなら、その不安を俺にも共有させてもらえないだろうか」

「えっ‼」

「俺に何ができるか分からない。それでも、君のためだったら、俺はなんだってするし、させてほしいと思っている」

「主任……」

嬉しくて嬉しくて、胸が熱くなって泣きそうになる。でも、泣いたらきっと主任が困ると思い、ぐっと我慢した。

「涼歩。俺の彼女になってくれるか？」

「……はい。よろしくお願いします」

主任の首に腕を回してしがみつくと、主任が「こちらこそ」と言って医務室へ歩き出した。

だけど私は、今がお昼休憩の時間だということをすっかり忘れていた。

医務室に向かううち、ランチから戻って来た社員達とすれ違うことが多くなる。しかも、すれ違う社員という社員に「どうしたんですか⁉」と理由を聞かれ、私は恥ずかしさに顔を上げることができなった。

羞恥（しゅうち）に耐えながらなんとか医務室に到着し、常駐の看護師の女性に応急処置をしてもらう。

「そこまでひどくはないけど、念のため病院に行った方がいいわね」

「そう、ですか……」

つい先日、お医者様に診(み)ていただいたばかりなのに、また秀一郎に心配をかけてしまうかもしれない。そう思ったら、落ち込んでしまった。

「じゃあ、新行内さん。病院まで車出すから、ここでちょっと待っててくれる？」

ごく当たり前のようにこう言った主任に驚き、思わず彼を見上げる。

「えっ……‼　主任、お忙しいのに、そこまでお願いできません！　家族に連絡しますので、主任はお仕事に戻ってください」

医務室まで運んでくれただけでも申し訳ないのに、これ以上迷惑をかけられない。だけど、主任は引き下がってくれなかった。

「ここで怪我したわけだし、教育担当として俺にも責任があるから。それに今からご家族をここへ呼ぶより、俺が病院に連れて行った方が早い。だから本当に君は気にしなくていいから」

「う……わか、りました……」

そこまで言われると、もう反論するだけの材料が見当たらない。仕方なく私は主任に従うことにした。

「すみません……何から何まで」

「いいよ」

看護師さんにベッドが空(あ)いているので使っていいよ、と言われ、とりあえずベッドで休むことにする。

クスッと笑う主任に軽く会釈(えしゃく)をした私は、ベッドに上がり足を伸ばそうと靴を脱いだ。その時、不意にカーテンの向こうから主任に「ちょっといい？」と声をかけられる。

「はい」

「江渕と何があったか聞いていい？　場合によっては、彼女に話を聞かなきゃならない」

「……今回のことは、私にも非があるんです。私が、江渕さんを怒らせてしまったので……」

私の言葉に、正面に立つ主任が眉をひそめる。

「怒らせた？　君が？」

「はい……なので、江渕さんだけが悪いんじゃないんです。だから……」

だから江渕さんを責めるのは違う。それを分かってほしくて、じっと主任の目を見つめる。すると、主任が困ったような顔をして、ふーっとため息をついた。

「……分かった」

「ありがとうございます……！」

ホッとしてつい表情を緩ませていると、何故か主任が開いていたカーテンを閉め、私に近づいてきた。

「主任……？」

彼の行動の意味が分からず、主任を目で追う。すると至近距離まで近づいた彼の手が、私の頬に触れた。

「……ほんと、君って子は……」

「しゅ……主任？　あ、の……」

「シッ」

私を見る主任の目は、いつになく熱を帯びている。

その目に囚われた私は、射すくめられたようになって身動き一つできない。

どうしたらいいか分からなくてぎゅっと目を瞑ると、頬に柔らかいものが触れた。それは一旦離れると、今度は少し位置をずらしてまた触れて、何度か頬に触れた後、唇に柔らかい感触が押し付けられた。

――今のは……もしかして、主任の唇……これって、キス……!?

気づいた瞬間、緊張がピークに達し、息をするのすら忘れた。

ただ触れるだけの優しいキス。

だけど、私の緊張を頂点に押し上げるには、充分衝撃的な出来事だった。

それに、ここで目を開けたら、絶対すぐ目の前に主任の綺麗なお顔があるはず。そう思うと余計目を開けることができない。

数秒後、そっと唇が離れた。ようやく目を開けることができた私の口から、思わず本音がポロリと零れる。

「あ、あの……私……もう……限界です……」

これ以上は何を言ったらいいのか。もう、いろいろ限界だった。だけど主任は、私が何を訴えているのかをしっかり感じ取ったようだった。

「ごめん。つい」

いつの間にか、頬にあった手が背中に回り、気づくと主任に抱き締められていた。

初め何が起きているのかが分からず、目を開きパチパチさせる。でも、顔のすぐ横にある主任の顔に、心臓が破裂するんじゃないかと思うくらいドキドキした。

「あ、あの」

その時、カーテンの向こうで電話が鳴って、びくりと体が跳ねた。話をしながら看護師さんが席を立ったのが分かる。

大好きな人に抱き締められている現実と、カーテンを隔てて看護師さんがいるという事実に、私はもう気絶しそうになっていた。

私のテンパり具合が最高潮に達した頃、少しだけ体を離した主任と、至近距離で目が合う。

どうしたらいいか分からずカチンコチンに固まる私に、主任がこつんと額を合わせてきた。

「ごめん。ちょっと性急すぎた」

そう言って、私から離れていく主任を見つめる。

視線に気がついた主任が振り返り、私の頭をくしゃっと軽く撫でた。

「仕事のことは何も心配しなくていいから。大丈夫だよ」

優しく微笑んだ主任は、カーテンを開けて医務室を出ていった。

「あ……りがとうございます……」

小さく呟いた私は、そのままベッドにバタンと倒れ込んだ。

秋川主任が、私のことを好きだと言ってくれた。

——これは、本当に現実なのだろうか。

試しに頬をつねってみたら、ちゃんと痛みを感じる。つまり、夢じゃないということだ。

そう思ったら、じわじわと喜びが体の奥の方から込み上げてくる。

「嘘みたい……」

足の痛みなどどこかに飛んでいってしまうくらい、鼓動が高鳴って仕方なかった。

もちろん自分の立場を忘れたわけじゃない。秀一郎が言った言葉だって、ちゃんと胸に刻まれている。それでも、今はこの幸せに浸(ひた)っていたい。

心からそう願った。

主任の車で整形外科に連れて行ってもらった私は、検査の結果、骨に異常はなく、軽い捻挫(ねんざ)と診断された。

「とりあえず、ひどい怪我じゃなくてよかったよ」

「お忙しいのに、ほんと申し訳ありませんでした……」

秋川主任が運転する車の助手席で、私は申し訳なさに頭を下げる。

主任は週に何回か自分の車で通勤しているらしく、仕事の合間に病院まで車を出してくれた。それどころか、検査が終わるまで付き添ってくれて、今はマンションまで送ってくれている。

それなのに、主任はこの後、残してきた仕事をするため、会社に戻るというのだ。

——やっぱり、申し訳なさすぎる……！

「いいって。俺がしたくてしてることなんだから。それに、涼歩と一緒にいるだけで俺の疲れなんかとっくに吹っ飛んでるよ」

「しゅ、主任……そんな……こと言われたら、照れます……」

「涼歩の照れ顔、可愛いからな。わざとやってる」

「……!!」

思わず運転席にいる主任を見つめ、一人顔を赤らめた。

主任が優しいのは前からだけど、今の主任は以前とはちょっと違う。

話し口調もちょっと甘いし、視線も前よりずっと優しい。それになにより、主任が醸(かも)し出す雰囲気にだいぶ色気が上乗せされたような気がする。

――こ、恋人になった途端こんな風になるなんて……。私の心臓は家に到着するまでもつかしら……

胸に手を当て、なんとかドキドキが静まるように、こっそりと深呼吸を繰り返した。

動揺しまくっていることをなんとか悟られないまま、車は私のマンションのすぐ前の通りにやって来た。

降りる準備をしてから視線を前方に戻すと、マンションに入っていくスーツを着た老人が見えて、ばっ、と身を乗り出す。

「えっ!! 秀一郎!?」

「ん? おじさんだっけ? 世話焼きの……」

「はい。さっき怪我のことを連絡したので、来てくれたみたいです……」

病院にいる時、足を捻挫したと秀一郎に連絡していたのだ。私には、昔から何かあった時は、すぐに秀一郎へ報告するという癖がついている。それに、先日熱を出した時、今後何かあったらすぐに報告すると約束していた。

私が秀一郎のことを話した途端、何故か主任が無言になる。

どうしたのだろうと思っていると、「あのさ」とどこか硬い声で主任が口を開いた。

「おじさんに、ご挨拶させてもらえないか？」

「……え？　挨拶……ですか？」

「そう。一応、直属の上司ってことになるし、今後は、二人で出かけることも増えるだろうから。昔から涼歩のことを大切に世話してきた方なら、きちんと挨拶しておくべきかなって」

「そ、そういうもの、ですか……？」

――どうしよう、秀一郎になんて説明したら……

秋川主任は私の交際相手として相応しくないと言われたばかりなのに。それにもし、顔を合わせた状況ではっきり交際を反対されたら、主任に申し訳なさすぎる。

「あの、主任はこの後会社に戻らなくてはいけないですし、挨拶は今日でなくともいいと思うのですが……ダ、ダメでしょうか……？」

悩んだ結果、控えめに尋ねてみる。

「いや、こういうことは早い方がいい。それに、君のことを大切に思ってくださっているおじさんなら、尚更きちんと挨拶すべきだと思う。怪我してるところ申し訳ないけど……」

毅然とした態度でここまで言われてしまうと、もうダメとは言えなかった。

──秀一郎、大丈夫かな……

かといって今だけ話を合わせてくれ、と伝える余裕もない。でも、秀一郎のことだから、何も言わなくても察してくれそうな気もする。

私は不安を抱きつつも、秀一郎に挨拶することを承諾した。

マンションの前で私を降ろした主任は、近くにある駐車場へ車を駐めに行く。

「お待たせ。……俺に掴まって、体重かけていいから」

「はい、すみません……」

主任の腕に掴まらせてもらって、部屋へ向かう。

──それにしても、いきなり秀一郎に紹介することになるなんて……

まさかの展開に頭が追いつかないけど、ここまできたら、もう腹をくくるしかない。

どのみち、秀一郎に隠し事はできたためしがないのだ。どうせバレるのだったら、自分の口から事実を伝えた方がいいだろう。

覚悟を決めてドアを開くと、いつものようにきちんと玄関に揃えてある革靴が目に入った。そしてキッチンに、ジャケットを脱いだ秀一郎を見つける。どうやら料理をしているようだ。

「た、ただいま……」

私が声をかけると、秀一郎がパッとこちらを見る。

いつもなら、すぐに「お帰りなさいませ」と言ってくる彼は、私の後ろにいる主任の姿を見つけ、表情を強張らせた。

「そちらの方は……」

「あの、上司の秋川さんです……ここまで車で送ってくださって……」

そこで主任が、すっと私の前に出た。

「秋川といいます。この度は、私の注意が行き届かず、勤務中に新行内さんが怪我をすることになってしまい、申し訳ありませんでした」

深々と頭を下げる主任を、秀一郎は驚いた顔で見つめている。そんな秀一郎に、私は両手を合わせ、【話合わせて!!】と口パクで懇願する。

「……これは、ご丁寧にありがとうございます。私、轟木秀一郎と申しまして、涼歩の……」

と言って、私に視線を寄越したので、慌てて【おじ!! おじ!!】と口パクで伝える。それを見た秀一郎は、コホン、と咳払いをして秋川主任に言った。

「おじ、です。それで、涼歩の足の具合は……？」

「軽い捻挫だそうです。湿布と、痛みが強い時に飲む鎮痛剤が出ています」

「そうですか……たいしたことがなくてよかったです。涼歩を送ってくださり、ありがとうございました」

本気で安堵した様子の秀一郎に、私もホッとする。でも主任の話は、これからが本番だった。

「それと、一つご報告がありまして」

急に改まった様子の主任に、私の緊張も高まる。

「報告……？　なんでしょう」

「実は、涼歩さんと交際させていただくことになりました。本日は、そのご報告も兼ねてご挨拶に伺わせていただきました」

「……交際……こうさ……ハアッ!?　なんですと!!」

常に上品で紳士らしい雰囲気の秀一郎が、珍しく取り乱した。そのいつにない様子に、私は焦って秀一郎に声をかけた。

「しゅ、秀一郎。落ち着いて。お付き合いさせていただくことになったのは、ほんとついさっきなの……だからまだ、お付き合いらしいことは何も……」

「そ、そうなの……ですか？」

それを聞いた秀一郎の顔に、明らかな安堵の色が浮かぶ。しかし――

「できることなら涼歩さんのご両親にも、ご挨拶させていただきたいと思っているのですが……」

次の瞬間、秀一郎がものすごい勢いで主任に近づき、彼の肩をガシッと掴んだ。

「涼歩の両親は多忙なので、私が親代わりのようなものです!!　二人には私から伝えておきますので、どうかお気になさらず……!!」

その迫力に、さすがの主任も腰が引けていた。

「わ、分かりました、よろしくお願いします。それでは……あの、私は社に戻りますので、新行内さん……また会社で。お大事に」

「はいっ！　送ってくださってありがとうございました！」

主任は私に、にこっと微笑みかけ、部屋を出ていった。その笑顔に胸を熱くしていた私だが、背後から無言の圧力を感じて、ぶるっと身震いする。

「涼歩様……」

恐る恐る振り返ると、額(ひたい)を手で押さえた秀一郎に睨(にら)まれた。

「ご、ごめん。驚かせちゃったよね……」

「驚くなんてものじゃないですよ。つい先日申し上げたはずです、彼はあなたに相応(ふさわ)しくないと。それなのにどうして交際など……」

「……私だって諦めようとしたよ。でも、ダメだったの。私……あの人のことがすごく好きなの。自分でもびっくりするくらい……」

「涼歩様……」

正直に気持ちを打ち明けた私を、秀一郎が困った顔で見つめてくる。

秀一郎に言われたことを忘れたわけじゃない。でも、自分の気持ちを止められなかった。

「ごめんなさい。……先のことは分からないけど、今はこのまま見守ってくれると嬉しい……」

頭を下げた私は、じっと秀一郎の言葉を待つ。しばらくして、彼の重たいため息が聞こえてきた。

「分かりました。ですが、交際を認めたわけではありませんからね。それは忘れないでくださいよ」

「……ありがとう……秀一郎」

私がお礼を言うと、秀一郎はキッチンに戻って行った。

「食事の支度をしておきますから、涼歩様は着替えてお休みになってください」

「うん、分かった」

私は、痛む足を引きずりながら部屋に入った。

畳んである布団の上に腰を下ろし、一息つきながら今日のことを思い出す。

江渕さんのことや、怪我をしてしまったこと。それに、主任にお姫様抱っこをされて、お付き合いすることになったこと。

キスをされたことまで思い出してしまい、あわやパニックを起こしかけた。

秀一郎がいなかったら、あまりの出来事に叫んでいたに違いない。

――私、明日どんな顔で主任に会えばいいんだろう……

それを思うと、胸のドキドキがいつまで経っても治まらなかった。

しかし翌日、昨日以上に腫（は）れ上がってしまった足首のせいで、私は会社を休むことになったのだった。

六

怪我をした私が出社できるようになったのは、翌週の月曜日だった。

念のため足首をテーピングで固定した私は、秀一郎に押し切られ、新行内家の車で会社の近くまで送ってもらうことになった。

誰も見ていませんように、と必要以上に周囲を気にしながら車を降り、営業部に出社する。すると、畑野さんが飛んできた。

「おはよう、新行内さん。足の具合はどう？　大丈夫？　もう、びっくりしたよ」

「すみません、ご心配をおかけしました……。あ、秋川主任から畑野さんが私の仕事をフォローしてくださったと聞いています。ありがとうございました」

畑野さんにお礼を言って頭を下げる。彼女はたいしたことないから、と言って笑う。

「私よりも、秋川主任にお礼を言ってあげて。新行内さんの仕事をカバーしたの、ほとんどあの人だから。すごい人だとは思ってたけど、つくづくすごいわ」

私が出社できなかった分、秋川主任の仕事量は相当なものだったと思う。

だけど主任はそれをものともせず、それどころか、毎日仕事が終わると私に電話をくれて、その日にあったことを教えてくれたのだ。

申し訳なさと共に、そんな彼の優しさが身に沁みて、彼のことがますます好きになってしまった。

「……それにしても、大変だったわね」

「いえ、怪我をしたのは私の責任で……」

すると畑野さんが、知っているとばかりに江渕さんのデスクの方をチラッと見た。江渕さんは、私達の視線には気づかず、手元の書類に集中している。

「……先週、主任は彼女にも話を聞いたみたい。さすがにショックだったのか、彼女もそれ以来、大人しくなっちゃったけど」

畑野さんはそう言って肩を竦める。

「あ、噂をすれば。本人が来たわよ」

そう言って、畑野さんが自分の席へ戻って行くのと入れ替わりに、秋川主任が出勤してきた。主任は私の顔を見るなり、その綺麗な顔を綻ばせた。

「新行内さん、おはよう。足の具合はどう？」

「おはようございます。はい、だいぶ良くなりました。いろいろご迷惑をおかけして申し訳ありませんでした」

「いいよ。また転んで悪化させないように気をつけて？」

「き、気をつけます……」

クスッと笑う主任につられ、私の顔にも笑みが浮かぶ。

付き合い始めてからというもの、秋川主任の声や雰囲気が前よりも甘くなっているような気がする。付き合っていることは、社内では秘密にしてほしいとお願いしたけれど、ドキドキしすぎてバレてしまいそうだ。

――ダメダメ、迷惑をかけた分、きちんと取り返さなきゃ！

いつも以上にやる気満々になった私は、休んでいた分の仕事を今日一日で全部終えるため、モードを切り替えて仕事に打ち込んだのだった。

その日の夕方。順調に仕事を片付けていた私に、主任が書類の束を差し出してくる。

「新行内さん、これよく読んで帰りまでに返事くれる？」

「はい。分かりました」

返事をしながら書類を受け取り、何気なく視線を落とす。見ると、書類の二枚目に付箋が貼られていることに気がついた。

【今日の夜、食事でもどう？】

――はっ。これは、もしやデートのお誘い……!?

思わず隣にいる主任に顔を向けると、私の方をチラッと見て、意味ありげに微笑んだ。その顔がたまらなくセクシーで、私は慌てて視線を書類に戻してしまった。

――よく読んで帰りまでに返事……お返事をすればいいのですね？

私は書類全てに目を通すと、【ＯＫです】と書いた付箋を書類に貼り主任に戻した。すると席を立った主任が、さりげなく【また連絡する】というメモを私の机に置く。そのまま彼は、出入り口に設置された行動予定を記入するホワイトボードに、外出・直帰と書いて部署を出ていった。

主任との約束で頭がいっぱいになりつつも、なんとか溜まっていた仕事を片付けた私は、終業時刻と共に部署を出る。それとほぼ同じタイミングでスマホにメッセージが送られてきた。秋川主任からだ。

秋川主任も得意先から直接そこに向かう、と待ち合わせ場所の店名と、地図へのリンクが貼られていた。それをチェックした私は、急いで待ち合わせ場所へと向かう。

会社から少し離れた和食の店を予約してくれたので、私はお店までタクシーで移動することにした。タクシーにしたのは足のこともあるけど、何より早く主任に会いたいから。

ちなみに新行内の運転手には、主任との食事が決まった時点で送迎は不要と連絡しておいた。

タクシーを降り、待ち合わせの場所へ向かう。主任が予約してくれたお店は、間口の狭い和の趣（おもむき）のある建物だった。

――新しいお店なのかな？

そんなことを思いながら店の引き戸を開けると、着物を着た優しそうな女性のスタッフが迎えてくれる。

「予約をした秋川」

「秋川様ですね、お待ちしておりました。どうぞこちらへ」

小上がりの予約席に通され、席に着く。主任はまだ来ていないようだ。

これまで、父や母と待ち合わせて外食したことは何度もあるけれど、今日はめちゃくちゃ緊張する。よくよく考えたら、家族や親族以外の男性と食事をするのは初めてだ。

カチンコチンになりながら女性のスタッフが持ってきてくれたお茶を飲んでいると、店の入口から主任がやって来た。

「待たせてごめん」

主任の顔を見た途端、緊張も忘れてつい顔が笑ってしまった。

「いえ、全然待っていませんので……主任こそ、お忙しいのにありがとうございます」

「いや。これくらいなんてことない。こうでもしないと、二人きりになれないから」

苦笑しながら言われた言葉に照れてしまい、思わず下を向いた。

――……主任は、照れるようなことをさりげなく言うのがお上手だ……

「とりあえず飲み物と……料理はしゃぶしゃぶだけど、よかった？」

「はい！　ありがとうございます、楽しみです」

主任から伺ったところ、ここはお客様から教えてもらったお店なのだそうだ。和食の名店で修業した店主の出す料理はどれも絶品だ、と聞いて、この後の食事が楽しみになる。

飲み物は私が梅酒サワー、主任は生ビールを注文し、静かに乾杯した。

「それにしても、この前、秀一郎さんに挨拶した時はほんと緊張した。あんなに緊張したの、会社の面接以来じゃないかな」

いきなり秀一郎の話題が出たので、私は飲んでいた梅酒サワーをあやうく噴きそうになった。

「そ……そんなに、ですか」

私が慌てて口元を紙ナプキンで拭っていると、主任は「うん」と笑った。

「でも、優しそうな人だったたな。スーツ着てたけど、秀一郎さんって何かお仕事されてるの？」

「あ、えーと……秀一郎は普段からああいう格好なんです」

これは事実で、秀一郎は常にダークな色合いのスーツ姿が基本なのだ。

「へえ。すごいな」

常にスーツ姿のおじさんって変なのかな、と心の中で首を傾げる。でも、今までスーツ以外を身につけた秀一郎は見たことがないので想像がつかない。

他愛ない話をしていると、スタッフの女性がテーブルに鍋をセットし、お肉を運んできてくれた。サシのたくさん入った霜降りのお肉は、見るからに美味しそう。

「うわ〜、こんなに立派なお肉は、久しぶりです」

――なんせ一人暮らしを始めてから、食生活が一気に乏しくなったからな〜。

たまーに秀一郎が買ってきてくれるお土産以外、私のご飯はかなり質素だ……

お肉を見て生唾を呑み込む私は、どう見ても名家の令嬢には思えない。

「しっかり食べて、体力をつけないとな。どんどん食べて」

「はい……！」

主任に勧められるままお肉を鍋でしゃぶしゃぶし、店のオリジナルポン酢でいただく。柔らかい和牛のサーロインは口の中に入れると、ほんのりとした甘さだけを残して跡形なく消えていった。

「……っ!!　おい、しいっ……!!」

目を閉じて、極上の美味しさを噛みしめていると、目の前でビールを飲んでいた主任が「ははっ」と声を出して笑った。

「新行内さんのそんな顔、初めて見た」

「あっ！　す、すみません……変な顔でしたか？」

「全然。かわいいよ。惚れ直す」

さりげない主任の甘い囁きに、思わず箸が止まった。ついでに毛穴という毛穴から、蒸気が噴き出そうだ。

「どうかした？」

固まった私を見て、主任は不思議そうに声をかけてくる。

「……あの、私……あまりそういうことを言われ慣れてなくて……」

「涼歩」

「えっ!!」

突然、名前を呼ばれ、心臓がばくばくと跳ねる。

「あ、ごめん。名前で呼ばれるの嫌だったりする？」

「い、いえ。そうではなく……これまで身内以外の男性に名前を呼ばれる機会がなかったんです。全然、嫌じゃないです、むしろ嬉しいです……」

「そう。じゃあ、涼歩？　よかったら君も、俺のことは名前で呼んでくれると嬉しいんだけど」

にこにこしながらそんなことを言われ、えっ、と声を上げてしまった。

「い……いきなりですか……心の準備が……」

「はは、心の準備？　いいから、ほら、呼んでごらん？」

主任はビールを置くと、テーブルに腕を載せ私の返事を待っている。

これは呼ばないとダメな流れだ。

——き、緊張する……

「あ……あき……じゃなかった、こ……虹さん……？」

私がたどたどしく名前で呼ぶと、主任は嬉しそうに頬を緩めた。

「よくできました」

「……はい……すごく、照れますね……」

学生時代、周囲の女の子が彼氏と何をした、どこへ行った……と楽しそうに話すのをぼんやりと眺めていた私も、今ならその気持ちがよく分かる。

好きな人と一緒のご飯は、私が想像していた以上に楽しくて、幸せだった。

食事を終えた私達は、タクシーで帰ることになった。お店の人が呼んでくれたタクシーが来るまでの間、江渕さんの話になった。

「そういや江渕、今日涼歩に声かけてきた？」

「いえ……」

「そうか」

同じフロアで働く江渕さんとは、コピー機を使ったりする時に顔を合わせることがある。以前はそういう時、「お疲れ様」とか、何かしら声をかけてくれていた彼女だが、今日は一度も目を合わせてくれなかった。

私としては同じ部署で働く者同士、仲良くやっていきたい。でも、そんな考えは虫が良すぎるだろうか。

私がしんみりしていると、いきなり手を握られた。

「大丈夫？」

力強い主任の手の温もり。それだけで、なんでも乗り越えていけそうな気がする。

なんてさすがに恥ずかしくて言えないので黙っていた。すると私の耳元で「涼歩」と名前を囁かれた。

「はい……」

何気なく顔を主任の方へ向けると、すぐそこに主任の顔があった。至近距離にドキッと胸が弾んだその時、主任の顔が近づき、私の唇に彼のそれが重なった。

自分がキスされていると気づいたのは、数秒経ってからのことだった。この前と同じ、優しく触れるだけのキス。

唇を離した主任は私の肩に手を回すと、自分の方へ引き寄せた。

「いきなりごめん」

「い、いえ」

——うわ、なんか……甘い……

これが恋人というものなのね、と甘い余韻に浸っていると、いきなり主任に手を掴まれ店と店の隙間に連れ込まれた。

「え、あの、主に……」

なに？　と困惑する間もなく、いきなり腰を抱かれ唇に主任のそれが押しつけられる。しかもそれだけではなく、薄く開いていた唇の隙間から舌が差し込まれ、私の舌に絡められた。

——!!

初めての経験にどうしたらいいか分からず、体を固まらせ、ただされるがままになる。だけど、これだけははっきりしている。ドキドキはさっきのキスとは比較にならない。甘くて情欲をそそるキスに、溺れそうだった。

だんだん頭がぼーっとして、体中の力が抜けそうになった。そのタイミングを見計らったかのように、主任が唇を離す。

「悪い、やりすぎた」

「……え、あ、い、いえ……」

ふるふると首を横に振りはしたが、頭はぼやけたままだ。

――なんか……すごかった……

腰を支えられたままヨロヨロと店の前に戻ると、ちょうどタクシーが到着した。

私は腰に力が入らないまま主任と車に乗り込み、岐路に就いたのだった。

「じゃあ、おやすみ」

「はい、おやすみなさい」

マンションの前でタクシーを降り、主任と別れた私は、どこかふわふわとした状態でエントランスに向かう。

――いつもは優しい秋川主任。でも、恋人同士になると、ちょっと強引にあんなすごいキスをする人なんだ……

そんなことを考えていたら、うっかりさっきのキスを思い出してしまい、顔が火傷しそうなくらい熱くなってきた。

――うわ!!　どうしよう!!　私、主任とあんなすごいキスをしてしまった……!!　私、本当に秋川主任の恋人なんだ……

エレベーターに乗り込み、ジタバタする。でも、ちゃんと恋人だという実感が得られて、幸せな気持ちが溢(あふ)れて止まらなかった。

それから数日、秋川主任の接待や外出が重なり、プライベートはもちろん、会社でもなかなか会話を交わすことができない状態が続いた。

それでもメッセージのやり取りは二日と空(あ)けずにしていたので、特に寂しく思うことなく過ごしていた。そんな私の耳に衝撃的なニュースが入ってきたのは、ある日の昼休みのことだった。

私が畑野さんと一緒に食堂でランチをしていると、他部署に所属する畑野さんの友人が声をかけてきた。

「ねえ、秋川主任がすっごい美人と歩いてたって噂について、何か知ってる？　もしかして、彼女かな～、だったらショック！」

目の前でいきなり始まった会話に、定食のお魚を口に運ぶ私の手が止まる。

――秋川主任がすごい美人と……？　それは、どういう……

今現在、秋川主任とお付き合いをしているのは私のはずだけど、と内心で首を傾げる。

――畑野さんのご友人が言っている、彼女かもしれない美人とは、一体誰のことだろう……？

「ええ？　それ本当？　秋川主任、彼女はいないって言ってたけど……でも、主任なら引く手あまただからなぁ」

畑野さんは驚きつつ、まあ、いいんじゃない？　と微笑む。だけど友達の女性は、ショックを受けた様子でふらふらと去って行った。

「秋川主任、人気あるからなー。ちょっと女性と一緒に歩いてただけでこの有様よ。モテる男は大変ね」

「そ、そうですね……」

畑野さんの言葉に頷きつつ、内心は気になって気になって仕方なかった。

主任に直接聞ければ一番いいんだろうけど、残念ながら今日も主任は朝から外出していて不在だ。帰ってくるのは夕方か夜になるとメッセージが届いていた。

秋川主任のことならなんでも知っている、って人がいればいいのに。そう思った私の頭に、ある人の姿が浮かぶ。

――あの人だったら、知ってるかもしれない……

もしかしたら、口もきいてくれないかもしれない。でも、聞くだけ聞いてみたい。そう思った私は、畑野さんとのランチを終え部署に戻ると、その人のデスクに向かった。

「江渕さん、今、よろしいでしょうか」

江渕さんは外でランチをして今帰ってきたところらしい。外で買ってきたアイスコーヒーを飲む手を止め、驚いた顔で私を見ている。

「……何。あなたが私になんの用？」

「お聞きしたいことがあるんです。でも、ここではちょっと……」

周囲を気にする私に、江渕さんは黙って立ち上がった。そして、この前私を突き飛ばした非常階段の入口へ移動する。非常ドアを背にして立ち止まった江渕さんが、不機嫌そうな顔で振り返る。

「で、何よ。改めてこの前の文句でも言いたいの？」

江渕さんは腕を組み、私から目を逸らす。

「いえ、この前のことはなんとも思っていないので。それよりも江渕さん、秋川主任の噂ご存じですか？　綺麗な女性と歩いてたっていう……」

私がこの話題を出した瞬間、江渕さんの片方の眉が上がる。

「ああ……その噂？　っていうか、あなた、私にあんなことされたのに、なんで私に聞いてくるのよ。頭おかしいんじゃない？」

「そういうものでしょうか？　私はただ、江渕さんなら、秋川主任のことをよくご存じなので、噂についても知っているかもしれないと思いまして………それに私、江渕さんならきっと、私がこんなことを聞いてもちゃんと教えてくれるんじゃないかなって……」

それは本当に根拠のない、ただの勘。でも私の中には、同じ人を好きになったという変な仲間意識のようなものが芽生え始めていたのかもしれない。だからこそ、彼女ならきっと教えてくれると思ったのだ。

すると、江渕さんが口をあんぐり開け、あっけにとられたような顔をする。

「信じらんない。あなた、これまで私が遭遇した秋川ファンの中でも相当の変わり者よ」

「そ、そうかもしれませんね……すみません……」

確かにいろいろな目に遭わされているのに、彼女に頼ろうとした時点で私はどこかおかしいのかもしれない。

やっぱりダメかと諦めかけた時、江渕さんが大きくため息をついた。

「……噂の女、知ってるわよ。この間、エントランスで秋川主任のこと待ってるの、何人も目撃してたから。うちと昔っから付き合いのある、ホテルグループの令嬢よ」

「ご令嬢、ですか……」

「この前、あなたも参加した展示会があるじゃない。今から一年か二年くらい前、たまたま展示会に来ていたその令嬢が秋川主任を見初めたみたいよ。それ以来、祝賀会とかコンベンションをそのホテルでやる度に、必ずその令嬢が来て秋川主任に纏わりついて離れないってことがよくあったの。最近は見かけないと思ってたんだけど、もしかしたら、結婚に向けて本腰入れてきたのかもしれないわね……」

江渕さんが腕を組んだまま、壁に凭れて私を見る。

「聞かなきゃよかったって思ってるでしょ」

「え？」

「相手は大企業のお嬢様よ。はっきり言って、私達に勝ち目なんかないわ」

江渕さんはため息をつき、仕方がないという表情で窓の外を見る。彼女が言った勝ち目がないという言葉に、私の胸の中がモヤモヤする。

――でも、それじゃあ主任の気持ちはどうなるの？

相手に見初めらみそれたからって、本人の意思を無視していいはずがない。まして、結婚なんて……

「……江渕さん、そのホテルのお名前、分かりますか？」

感情を押し殺し、江渕さんに尋ねる。彼女は私の様子に眉をひそめつつ、ホテルの名前を教えてくれた。

「ありがとうございます。お時間を取らせて、申し訳ありませんでした」

「い、いいけど……あ、ちょっと待って！」

私がお礼を言ってこの場を立ち去ろうとすると、江渕さんに腕を掴まれる。

「はい？」

「こ……この前はごめんなさい。怪我をさせるつもりはなかったの。今更こんなこと言っても信じてもらえないだろうけど……」

申し訳なさそうに頭を下げてくれた彼女の気持ちが嬉しくて、思わず顔が笑ってしまう。

「いえ。私、本当に気にしていませんので！　それにあれは私の不注意でもあるんです。どうかお気になさらず」

私が笑顔で答えると、江渕さんはホッとしたような顔をして笑う。

「あなた、あんなことした私をあっさり許すなんて、変な子ね……」

「ありがとうございます」

お褒ほめの言葉と受け取って微笑み、私達は一緒に部署へ戻った。

江渕さんにいろいろ教えてもらったことで気持ちは落ち着いたが、やはりきちんと確認しないことにはすっきりしない。

私は思いきって秋川主任に、今晩話がしたいとメッセージを送った。

すると、ちょうど昼休みだったお陰かすぐに「分かった」と返事がくる。

そのことに安堵して、私は午後の仕事に勤しむのだった。

＊＊＊

「秋川主任、お疲れですか」

得意先に車で移動している最中。会話が途切れた瞬間にため息をついたら、運転している部下に気を遣われてしまった。

「そういうわけでもないんだけど……このところ会食やら接待やらが続いてて、ちょっと寝不足気味かもしれないな」

「えー、そうなんですか⁉　顧客が多いのも大変ですね……なんなら到着するまで寝ててくださいよ」

「いや、本当に大丈夫だよ」

苦笑しながら、助手席の背に凭れる。

部下にはああ言ったものの、実際は疲れている。昨夜も遅くまで会食を兼ねた打ち合わせがあり、マンションに戻ったのは深夜だった。

これまでは仕事にかまけて私生活を疎かにしてきたが、これからは違う。恋人である涼歩との時間も大切にしたい。

——恋人、か……まさか、彼女に対してこんな気持ちになるなんてな……

彼女と初めて会った時の印象は、ただただ若くて可愛い女性だな、という印象だった。でも接していくうちに、その印象は少しずつ変化していった。

まず、彼女は傍目から見ても、明らかに他の新入社員よりも仕事に一生懸命だった。

『私、きっと他の方よりも物覚えが悪いと思うので。その分、頑張らないといけないんです』

彼女はそう言って笑っていた。確かにパソコンの操作などには疎いところがあったが、決して物覚えが悪いとは思わなかった。実際、彼女は『忘れる』というミスをほとんどしていない。

しっかりしている子だなと思っていると、展示会の会場で俺の名前を初めて知ったと言う。

ずっと隣にいたのに、おそらく手元の仕事を覚えることに必死で、俺の方まで気が回らなかったのだろう。そんな天然ぶりが可愛くて、久しぶりに腹を抱えて笑ってしまった。

そうかと思えば、どこぞの企業の重役と思しき男性と普通に会話していたりするから、また彼女のことが気になってしまう。

それでも、この時はまだ、二十二歳と若い涼歩に自分が恋愛感情を抱くとは思っていなかった。

だけど毎日一緒にいるうちに、彼女の素直さや謙虚さに可愛らしさを感じ、ある時は行動力に驚き、俺の中で少しずつ気持ちが彼女に傾き始めていたのだと思う。

それがはっきりしたのは、見舞いに行った時だ。熱を出した彼女が、何気なく漏らした言葉。

『私、主任のそういう優しいところ、大好きです……』

あの瞬間、自分の中で何かが大きく反応した。

大好きだと言われて嬉しい。それと同時に込み上げるのは、明らかな彼女への恋心。

――嘘だろ……いや、無理だろ。

三十一の男に好かれたって、彼女が迷惑するだけだ。

そう思って、気持ちに蓋をしようとした。でも、できなかった。

何故か突然涼歩に避けられたことで余計に気持ちが大きくなり、怪我した彼女を見た瞬間、もう黙っていられなくなった。

できる限り彼女の側にいて、彼女を守りたい。その思いで告白をした。

嬉しいことに彼女も自分に好意を持ってくれていたらしく、交際を始めることになった。

しかし、涼歩は何か大きな秘密を抱えている。頑なに家のことを話さないところを見ると、おそらく家に関することなのだろう。ならば早めに涼歩の家族にご挨拶する機会を設けた方がいいのではないか。

最近このことばかり考えている自分がいる。でも、今はそれどころではない。まず彼女と会う時間を作ることの方が先決だ。

ぱっと花が咲いたような涼歩の笑顔は、どんな栄養ドリンクよりも疲労に効く。腕に抱けば、不思議とどこからかエネルギーが補填される。

——とにかく今は、早く仕事を片付けて涼歩の笑顔が見たい……

そんなことを思いながら、俺はまた一つため息を漏らすのだった。

外出から戻った主任と、仕事が終わってから外で待ち合わせする。先に仕事を終えた私は、買い物などで時間を潰した後、約束の時間に指定された場所へ行った。

今日は主任がマイカーで出勤していたこともあり、迎えに来てくれることになっている。待つこと数分、こちらに向かって来る主任の車が見えた。

「お待たせ。乗って？」

歩道に横付けされた助手席の窓が開き、主任が声をかけてきた。私が乗り込むと、すぐに車が走り出す。

「どこに行こうか？」

いつもと変わらずスマートな主任だけど、早く会社を出るために無理をさせたかもしれない。

「すみません、急に……お忙しいのに、無理を言ってしまって」

「いや。俺も涼歩と二人で会いたかったから、誘ってくれて嬉しかった。それで、話って何？」

ハンドルを握り真っ直ぐ前を向きながら、主任が尋ねてくる。

「……主任の噂を、聞いて……気になってしまって……」

言い淀む私に、主任がチラリとこちらを窺ったのが分かった。

「噂？　なんの？」

けろりとしている主任の表情から、本人の耳には例の噂は届いていないらしい。

「主任が、綺麗な女性と街を歩いていたっていう……」

「は？」

運転席の主任に視線を送ると、口をあんぐり開けて固まっている。

「会社のエントランスで、主任と女性が一緒にいるのを見た人がいるらしいんです。私も今日初めて聞いたんですけど……あの、その女性とは……」

「なんでもないから。誤解だ」

私の話をバッサリ切るように、車内に秋川主任の声が響く。

「誤解……」

どこか焦った様子の主任が、片手で髪を掻き上げた。

「あれは仕事だ。あの日、ホテルオオモリの社長から急に会食に誘われて、一緒にいたのはオオモリの社長の娘で、大森春奈さんという方だよ」

——やっぱり……江渕さんが言っていた通りだ。

ホテルオオモリは歴史あるホテルで、国内外のリゾート地でよく名前を見かける優良企業だ。

「あそことは、うちの会社も付き合いがあるから、無下に断れなくて了承したんだ。そうしたら、春奈さんが会社まで迎えに来て、成り行きで近くの食事処まで一緒に行くことになったんだ」

——なんで、わざわざ社長の娘が秋川主任を迎えに来るの？

話を聞いていると、だんだん胸の辺りがモヤモヤしてくる。

「……その、お食事の席で何か言われたり、とかは……」

私が尋ねると、何故か主任の表情が少し険しくなった。

「もしかして、それも噂になってるのか？」

「いえ、なっていません。ただ私が気になっただけです」

「そうか……」

どこかホッとした様子の主任に、私の不安はますます大きくなる。

「やっぱり、何かあったんですね？」

思わず運転席に身を乗り出して主任を問い詰めると、観念したのか主任がため息をつく。

「……うちのホテルに勤める気はないか、と誘われた。給料は今の倍出してもいいから、ぜひって」

それを聞いた瞬間、驚いて目を丸くしてしまった。

「えっ!? な……どうして!?」

「分からない。でも業種もまったく違うし、俺は転職する気はないから即、断ったよ」

「そう、なんですか……」

断ったと聞いて、少しだけホッとする。だけど、私の中に生まれた不安はまだ完全には消えていない。無言で俯（うつむ）いていると、いきなり主任が私の手を掴み、指を絡めてきた。

「付き合い始めたばかりなのに、不安にさせてごめん。でも、本当に涼歩が心配するようなことは何もないから。大丈夫だ」

優しい言葉をかけられ、手をぎゅっと強く握られる。そうされると、本当に大丈夫だと思えてくるから不思議だ。

「はい……あと、これからは、何かあったら話してくださいね。私じゃ、頼りにならないかもしれないですけど……」

「そんなことはないよ、ありがとな。それじゃあ、せっかく早く上がれたことだし、どこかでメシでも食べて行くか」

「はい！」

それから私達は、主任お勧めのとんかつ屋さんで食事を取ることになった。

食事の合間に、江渕さんが謝ってくれたことを主任に話した。それを聞いた主任の顔に、安堵の色が浮かんでおり、それを見た私もホッとした。

美味（おい）しいとんかつを食べて大満足のまま主任の車に乗り込む。マンションまで送ってもらえるのはすごく嬉しいけど、なんだかまだ離れがたい。

――もうちょっと主任と一緒にいたいなあ。

と思っていたら、主任から「もう少しだけ時間いい？」と尋ねられる。

「は、はい。大丈夫です」

どこか寄り道でもするのかな、と思いつつ普通に返事をした。すると、主任の口角が微かに上がる。

「じゃあ、ちょっとドライブでも」

「……‼　はい……‼」

願いが通じて気分は急上昇。私達は主任の運転する車で、夜景を見ながらドライブをした。

これまでドライブは家族でしかしたことがなかった。それも楽しかったけど、一緒にいる相手が違うと、こうも気持ちが違うのかということを知った。

――楽しいなあ……ずっとこのままでいたいなあ……

仕事の話などをしながらずっと会話をしていた私達は、途中カフェに寄ってテイクアウトでコーヒーを買い、近くにあった公園に移動した。

駐車場に車を駐め、車内で飲んだコーヒーの味は格別だった。

「美味しいですね、このコーヒー」

「うん。旨いな」

秀一郎が淹れてくれるコーヒーも美味しい。でも、このコーヒーは大好きな人と一緒に飲んでいるというスパイスが上乗せされている分、余計に美味しいのだ。

「涼歩はカフェオレだっけ」

「はい、私、あまりブラックコーヒーが得意ではなくて……」

言いながら主任の方を向こうとすると、いきなり顔が近づいてきて唇にキスされた。

「……本当だ。カフェオレの味がする」

唇を離し、ニコッとする主任に、開いた口が塞がらなかった。

「ふ……不意打ちです。び、っくりしました……」

思わず周囲に人がいないかキョロキョロする。でも、犬の散歩をしている人もジョギングをしている人もいるけれど、こっちを気にしている人は誰もいなかった。

「大丈夫だよ。誰も俺達なんか見ていない」

クスクス笑いながら、主任が再びコーヒーを口にする。その横顔がかっこよすぎて、思わず文句の一つも言いたくなる。

「そんなことないですよ……主任はすごくかっこいいから、きっと女性は主任を見たら釘付けになっちゃいます。会社でだって、女性社員がよく主任の噂してますし……」

カフェオレに口をつけながら、ちらっと主任を窺う。すると、何故か彼は私を見たまま固まっていた。

「俺？　どんな噂されてるの？」

「え？　いや、ほら、かっこいいなって、みんな……」

「ええ？　そうかあ？　俺なんかより、もっといい男がたくさんいるだろ。それに俺、好きな人しか見えなくなるタイプだから」

「……そうなんですか？」

何気なく返したら、主任が私を見てニコッとする。

「そう。だから、覚悟して」

一瞬頭の中が真っ白になった。けど、すぐに私のことを言っているのだと分かり、顔に熱が集まってきた。

「あっ⁉　は、はい……分かりました」

恥ずかしいけど、嬉しすぎて顔がにやけてしまうのを止められなかった。

主任は再び車を走らせると、今度こそ私のマンションに向かった。

マンション近くの路肩に車を停めてもらい、名残惜しかったけど、先週いろいろあったので早く休め、と言われたら従うしかなかった。

「じゃあ、おやすみ」

「おやすみなさい」

手を小さく振りながら挨拶すると、主任が小さく手を振り返して、車を発進させた。

直接話せたことで状況について分かったし、主任の気持ちも確認できた。

大森さんのことを聞いても、私の気持ちに変わりはない。それどころかますます好きになった。

だけど私は、江渕さんから話を聞いてからずっと気になっていたことがある。

秋川主任の車を見送った後、部屋に帰った私は急いで秀一郎に電話をかけた。

「秀一郎？　ちょっと調べてもらいたいことがあるんだけど……」

主任は大丈夫だと言ったけど、どうしても不安が拭えない。だから自分なりにホテルオオモリの社長とその娘について調べてみることにした。

私との通話を終えた秀一郎は、早速情報を持ってマンションにやってきた。

「ホテルオオモリの大森社長と、その娘の春奈さんですね。春奈さんは現在二十八歳。ホテルでは総務部長をされているそうです。家族経営で代々当主が社長に就任しておりますので、将来的には一人娘の春奈さんが跡を継ぐと思われます」

「そう……なんだか私と似てるわね……」

秀一郎が実家から料理長が作った野菜のスムージーを持ってきてくれたので、それを飲みながらぼそっと呟く。しかし何故か、秀一郎が険しい顔で反応する。

「オオモリの一人娘である春奈さんという方には、あまりいい話を聞きません」

「……それはどういうことなの？」

「聞いた話によれば、かなり我が強く、周囲の意見に耳を貸さない方のようですね。その性格から、彼女の社長就任を不安視している親族もいるそうです。涼歩様と環境は似ていても、育ち方はだいぶ違うご様子ですよ」

「そんな人が、どうして秋川主任を……」

秀一郎が自分で淹れたお茶を飲みながら、ふうっと一息つく。

「それは涼歩様もよくお分かりでしょう。秋川氏は美男子ですし、自分の夫にしたいと思われたのではないですか？」

認めたくはないけど、うっすらそうではないかと考えていた。でも――

「……主任は、はっきり断ったって言ってた」

そう言っても、秀一郎の表情は険しいままだった。

「身内から不安視されるほど我の強い方ですよ？　秋川氏が一度断ったくらいで諦めるとは、到底思えません。今後も、手を変え品を変え、彼に接触してくる可能性は大いにあります」

「そんな……」

——そんなの、困る。

私が黙り込んでいると、「涼歩様」と改まって名前を呼ばれた。

「何を考えているか知りませんが、厄介事に首を突っ込むのはやめてくださいよ」

「厄介事だなんて……」

「行動する時は、まず自分の立場を考えてから！　いいですね？」

きっぱりと正論を突き付けられてしまうと、返す言葉もない。

「分かりました……」

「まったく……お付き合いを始めたってだけでも頭が痛いのに……こんなこと、旦那様や奥様が知ったら大変なことに……」

秀一郎はぶつぶつ言っていたけれど、私は新たに出てきた不安のせいで、モヤモヤした夜を過ごすことになったのだった。


それから数日の間は、特に何事もなく平穏な日々が続いたように思えた。でも実際は、私が知らなかっただけで、いろいろな事件が起こっていたらしい。

それを私が知ることになったのは、今回も江渕さんからだった。

朝、私が出勤すると、隣の席の秋川主任はまだ出勤していないようだった。

それを横目で見ながら席に着こうとしていると、いきなり近づいてきた江渕さんに人気のない部署の端っこまで連れて行かれた。

「あ、あの……江渕さん？　なんでしょう、いきなり……」

「例の噂の第二弾が飛び込んできたのよ！」

切羽詰まったような江渕さんに、私の胸がドキンと大きく跳ねる。

「第二弾って……何かあったんですか⁉」

江渕さんは一度周囲を見回してから、声のボリュームを絞った。

「あのお嬢様、秋川主任に自分のところのホテルに来ないかって誘った挙げ句、結婚を迫ったらしいのよ」

「……えっ？」

――ホテルへの転職の件は聞いていたけど、結婚の件は……知らない……

本当に秀一郎が言った通りになって、私は思わず言葉を失う。

「もちろん主任は断ったみたい。だけど……相手がぶちギレて、今後うちとの付き合いをやめるって言い出したらしいの。それで今、部長と主任が上層部に呼ばれて話し合いの真っ最中みたい……」

「ええっ⁉」

驚きのあまり思わず声を上げてしまうと、江渕さんが慌てて「しー‼」と人差し指を口に当てた。

「上層部に呼ばれたって……まさか、主任が責任を取らされたりは……」

「まだ分かんないけど。でも、さっき主任を呼びに来た常務は、傍目から見ても相当ご立腹だった……あの様子じゃ、主任が責任を取らされかねないかも……」

「そんなっ……」

「私だって悔しいけど、上層部がどう判断するかよね……さすがにクビはないにしても、下手したら地方に飛ばすとか。もちろん、何事もないのが一番だけど……」

江渕さんの呟きに、思わず絶句してしまった。

――地方に飛ば……!? そんなの、絶対嫌だ……!!

私はふらふらと席に戻り、隣の席に視線を向ける。

気持ちを切り替えなくてはいけないのに、いつまで経っても戻ってこない主任のことが心配で、全然仕事が捗らない。

――主任、大丈夫かな……

不安でいっぱいになっていると、ようやく主任と部長が戻って来た。社員に声をかけられる度に立ち止まり会話を交わしている主任は、いつもと変わらないように見える。

大丈夫だったのだろうか。そのことばかり考えていると、主任がこっちに歩いて来た。

「新行内さん、おはよう」

にっこりと爽やかに微笑む主任に、少しだけ不安が和らいだ。

「おはようございます。あの……主任……」

聞きたいけど今ここでは聞きにくい。そう思いながら主任に声をかけると、彼は素早くメモに何かを記し、私のデスクに置いた。

【昼休み、話できるか】

その一文を見て、不安が的中した、と確信した。

無言で頷く私に、主任は微かに微笑み仕事を始める。私もそれに倣って仕事を開始したけど、これほどまでに昼休みを待ち遠しく思ったことはいまだかつてなかった。

そしてやってきた昼休み。

チャイムが鳴ったとほぼ同時に、私と秋川主任は屋上に移動した。

社屋の屋上は常に開放されており、昼時は食事を取る人だったり、本を読む人だったり昼寝をする人など様々。私達は人目を避け、誰もいない端っこで話を始めた。

「もしかして、もう聞いてる？」

いきなり切り出されて、神妙な顔で「はい」と頷いた。

「そうか……江渕かな。あいつ本当に情報早いな……」

さほど驚いた様子もなくそう言った主任に、私は思いきって尋ねてみる。

「主任、それで……どうなったんですか、例のホテルオオモリの件……」

「久しぶりに参った。相手は、俺の返事にかなりご立腹のようだ」

主任がこう言うのだから、相当上層部に絞られたのではないか。でも、主任の表情は明るく、落ち込んでいるようには見えなかった。

「……ホテルオオモリとの付き合いが見直されるっていう話は……」

「たぶんそうなる。だから、長い間オオモリと深く付き合ってきた常務はカンカンだよ……でも、ここに至るまでの経緯を聞いた社長が、俺をかばってくれた。ほんと、社長の懐の広さには驚かされるし、感謝しかない」

「社長が……」

そういえば以前、私がこの会社に就職が決まった時のこと。

【――あそこは、今、畔上（あぜがみ）さんが社長だったか。あの人が社長なら、まあいいだろう】

父がそう呟いていたことを思い出した。

――あの父がそう言うくらいだから、きっと立派な人なのだろう。

でも、根本的な問題が解決したわけじゃない。

「主任……大丈夫ですか？」

スラックスのポケットに手を突っ込み、景色を見ている主任に声をかける。

「こればかりは、どうしようもない。俺に相手の要求を呑むつもりはないんだから」

そう言って、主任が私を見る。

「俺が好きなのは、君だからね」

真剣な眼差しに射すくめられ、胸のドキドキが大きくなる。

「……本当に、私でいいんですか……？　主任は、後悔しませんか？」

「するわけない」

秋川主任が私に近づき、優しく微笑んだ。

「前にも言ったかもしれないけど、今の俺、笑っちゃうくらい君しか見えてないから」

――秋川主任……!!

彼の言葉と笑顔に、まるで全身の血液が沸き立ったみたいに体が熱くなる。彼への気持ちが溢れて止まらない。

私は素早く周囲を見回して人目がないことを確認すると、勢いよく主任の胸に飛び込んだ。

「涼歩……？」

「……私も、主任が好きです……っ、大好きですっ……!! ずっとずっと一緒にいたいです……！」

最初いきなり抱きついた私に主任は困惑しているようだった。でも、すぐに背中に手が触れ、そのままぎゅっと抱き締められる。

この人の笑顔も、声も、全てが愛おしい。主任がいない人生など、もう考えられなかった。

これが恋なのだと、改めて思い知った。

主任の胸に顔を埋め、初めての感情に浸っていると、頭の上から主任の声が聞こえてくる。

「涼歩」

「……はい」

「今晩、俺の家に来ないか」

主任が言った内容が、頭の中でこだまのように繰り返される。

――それって、もしかして……

恋愛にことさら疎い私ではあるけれど、それが何を意味しているのかくらい分かる。

驚いているし、動揺もしている。だけど、不思議とすんなり彼の言葉を受け入れることができた。

それはきっと、私も秋川主任と同じ気持ちでいるからだ。

「はい」

私がはっきりと返事をすると、主任はそれに応えるみたいに、強く抱き締めてくれた。

至福の時にうっとりする私の頭に、ふと一抹の不安がよぎる。

──私はまだ、彼に言っていないことがある。それを知っても、彼は同じように私を好きでいてくれるだろうか……

そのことを考えた途端、胸の中がモヤモヤした。

いっそのこと、今ここで全てを打ち明けてしまおうかと思ったけれど……

──この状況で、私のことでまでこの人を困らせたくない。

何より、新行内の一人娘としてではなく、この人と愛し合いたかった。ただの涼歩として、身も心もこの人に捧げたい。

──こんな気持ちになったのは初めて。

私は、二十二年生きてきて初めて、恋というものの偉大さを思い知ったのだった。

仕事を定時で終え、近くのカフェで一時間ほど待つと秋川主任が現れた。

「お待たせ。じゃあ、行くか」

「はい」

近くのパーキングに駐めてあった主任の車に乗り込み、彼のマンションへ向かう。その間、私は、秀一郎や啓矢に申し訳ないと思いつつ、スマホの電源を切った。

「もしかして、スマホの電源切ったの？」

「……はい。帰りが遅いと、おじがひっきりなしに電話をかけてくるので……」

心の中で秀一郎にごめん、と謝る。心配をかけると分かっていても、今は邪魔されたくない。

「本当に、大事にされてるんだな。ずっとそうじゃないかと思ってたけど……涼歩は、いいところのお嬢様だろ？」

言われた途端、私の思考が真っ白になる。

「……えっ」

恐る恐る主任を見ると、笑顔だった。どうやら不審がられているわけではないらしい。

「一緒にいる時間が長ければ長いほど、そうとしか思えなくなった」

「すみません……あの、ちょっと事情があって……、周囲に家のことは話せないんです。でも、私、主任になら……」

この勢いのまま、話してしまおうかと腹をくくる。でもすぐ、主任が私の言葉を遮った。

「無理に話さなくていい。それに、涼歩がどんな家で育っていたとしても、俺には正直どうでもいいことなんだ」

「……主任……」

本当にこの人は、どこまでもどこまでも優しくて、心が広い。

——ああもう……私、今すぐ主任に飛びつきたい……!!

主任のことが好きすぎて、助手席でじっとしていることが苦しくてたまらなかった。

秋川主任のマンションは、庶民的な商店街のある街の一角にあった。契約している月極駐車場に車を駐め、向かったのは築十年のワンルームマンション。

「どうぞ」

「お邪魔します」

主任の後をついて中に入った私は、立ち止まってまじまじと部屋の中を眺める。

リビングは十畳ほどの広さで、窓側にはきちんと整えられた低めのベッドがあった。キッチンは対面式。コーヒーメーカーや包丁スタンドが置いてあるところをみると、主任は料理をする人のようだ。

「何か面白いものでもあった？」

黙ったまま部屋の中を見ている私に、ネクタイを緩めた主任が、可笑(おか)しそうに声をかけてくる。

別に面白いものがあるからでなく、大好きな主任の部屋だから何もかもが新鮮に映るのだ。

「面白い……のかな。私、身内以外の男性のお部屋に来るのは、初めてなので」

「……本当に？」

主任がネクタイに手を掛けたまま、私の方を向いた。

「本当です……あの、そもそも私……男性とお付き合いすること自体が、初めてで……」

学生時代、そういう分野に詳しいお友達から、処女を嫌がる男性がいると小耳に挟んだことがある。だから、思いきって告白した。

主任ならきっと大丈夫だろうと願いつつ、面倒と思われたらどうしようと不安になる。

するとと主任は、無言のままジャケットを脱ぐと私に近づき、ぎゅっと強く抱き締めてくれた。

「うん。そうかなって思ってた」

「……面倒だって、思いませんか？」

「思うわけないだろ。嬉しいよ」

私の不安をきっぱり否定してもらい、秋川主任への愛が溢れて止まらなくなる。

「主任、好きです。すごく好きです……」

「俺も……っていうか、俺はいつまで主任のまま？」

「あっ……こ、虹さん。すみません、まだお名前で呼ぶことに慣れなくて……」

「いいよ、おいおいな」

秋川主任はクスッと笑うと、私の頬に触れた。そして見つめ合った私達は、どちらからともなく顔を近づけ、キスをした。

主任とのキスは何度か経験済み。だけど、今日のキスは今までとどこか違う気がした。触れるだけだった主任の唇が、何度も私の唇を食み、強く押し付けてくる。

そのうちに、唇の隙間から主任の舌が差し込まれた。前にも一度経験した、ぬるっとした肉厚な舌で口腔を舐められるという感覚に、私の頭は真っ白になる。

同じディープキスだけど、これからすることを予測させるような、すごくドキドキするキスだった。

はっきり言ってキスに応える以前の問題で、ついていくのがやっとだった。でも、主任はそんなことはお見通しとばかりに、確かめるようにゆっくりと私の口腔に舌を這わせた。

その結果、腰が抜けた。

がくんと床にへたり込みそうになった私を、主任がしっかり抱きとめてくれる。

「大丈夫か」

「あ……の……」

ドキドキしすぎて思考がまとまらず、何を言ったらいいのか分からない。そんな私を見て主任が微笑んだ。

「ベッド行こうか」

声が出なくて、一度首を縦に振る。それを見た主任が、私の手を引きベッドに移動した。

「明かり……消してください」

お願いしたら、主任は無言のまま枕元にあったリモコンで明かりを消してくれる。

レースのカーテンから漏れる月明かりの中、セミダブルほどのベッドに二人で腰を下ろす。

「もし、嫌だったり怖かったりしたらすぐやめるから、ちゃんと言ってくれ」

こくりと頷くと、羽織っていたカーディガンを脱がしながら、主任が私の首筋に唇を押し付けた。

「んっ……」

ちゅ、ちゅ、と音を立てて彼の唇が私の肌を吸い上げる。その感触がくすぐったくて、無意識に体を捩らせる。

「……くすぐったい？」

「ちょっと……」

「じゃあ、これは」

そう言って、カットソーの裾から主任の手が肌を上がり、胸の膨らみを覆った。太い指が胸の先端を掠めた時、体がビクッと大きく揺れる。

「あっ！」

自分が発した声に、恥ずかしくなって顔が熱くなった。咄嗟に口元を押さえる私を見て、主任がクスッと笑う。

「涼歩……もしかしてすごく感度が良い？」

——感度？　それってどういう意味なんだろう……？

「分かりません……」

「そうだよな。ごめん。聞き流して」

再び首筋に顔を埋めた主任は、胸を覆う手をゆっくりと動かす。柔らかさを確かめるように手のひら全体で胸を揉んだ後、二本の指で軽く乳首を摘まれた。その瞬間、初めて味わうピリッとした感覚に、体が震えた。

「んっ……！」

瞬間的にぎゅっと目を閉じると、今度はお腹の奥の方がきゅんと疼いて、腰から下に力が入らなくなる。

「脱がすよ」

そうこうしている間にカットソーとキャミソールを一緒に脱がされ、上半身はブラジャー一枚になってしまった。大好きな人に素肌を晒すのが恥ずかしいのと、主任がじっと私の体を見ていることに耐えかね、咄嗟に手で胸元を隠す。

「あ……の、あんまり見ないでください……」

「それは無理。涼歩の体、綺麗だし」

言いながら、主任が私の体をベッドに横たわらせ覆い被さってきた。至近距離で見つめ合うと、優しさと情欲を含んだ彼の眼差しに、胸のドキドキが更に大きくなる。

引き合うように顔が近づき、そのままキスをした。唇が重なった瞬間から口腔に舌を差し込まれて、私のそれに絡められる。私は初めて経験する激しいキスに、呼吸をするだけで精一杯だった。

「う……んっ……はぁッ……」

キスの間に、背中に回った主任の手でブラジャーのホックを外され、素早く脱がされた。私が反応する前に、直に乳房を揉まれる。視界の端っこに形を変える自分の胸を捉えながら、主任とのキスを続ける。

激しく舌を絡め合っているうちに、唾液の混ざるピチャピチャとした音が耳に届く。それがなんだかとても卑猥に思えて、腰がゾクゾクと震えた。

——私、あの秋川主任とこんないやらしいことしてる……

そう思うのに、私の意識は完全にこの状況に呑み込まれていた。その証拠に、体がこれまでにないくらい疼き、股間の辺りが潤んで、彼を求めているのがはっきりと分かる。

私がぼーっとしている間に、乳房を揉んでいた主任の手が、指の腹を使ってくりくりと乳首を弄り始めた。

「あっ……！」

「……ビクッてなった。これ、気持ちいい？」

唇を離した主任が目尻を下げる。嬉しさを含んだ声音に、気づけば私は素直に頷いていた。

「気持ち……い……ああんっ！」

話している最中、今度は指で乳首を弾かれて背中が反った。そんな私の反応が気に入ったのか、主任は私の胸元に顔を埋め、舌を使って直に乳首を弄ぶ。

「あ、ああっ……や、それ……ッ……」

べろりと舐められたり、舌先でツン、とノックされたり。おまけに、反対の手でもう片方の乳首も同時に弄られる。私は、その絶え間ない快感に翻弄されるばかりで、反応が追いつかない。

「んっ……、やっ……あっ……しゅ、にんっ……!!」

「……だから、主任はやめろって」

胸元で低い声がしたと思ったら、乳首を甘噛みされ、強い快感に思わず息を呑んだ。

「はあッ……ん！」

体を捩って、この蕩けそうな感覚から逃れようともがく。

――私の体……なんだか、自分の体じゃないみたい……

初めての感覚にテンパり、自分の体を自分で持て余してしまう。

いたたまれずスカートの中で太股を擦り合わせ、快感に耐えていると、胸元から顔を上げた主任に問いかけられる。

「……下も、脱がしていい？」

「……は、い……」

主任にまずスカートを、続いてストッキングとショーツも脱がされ、私の羞恥は頂点に達した。生まれたままの姿を見られている状況が恥ずかしくて、両手で顔を覆ってしまう。でも、その腕はすぐに主任によって外されてしまった。

「何してんの。隠したら可愛い顔が見えないだろ」

言い聞かせるみたいにそう言った彼は、一旦私の上から退いて着ていたシャツを脱ぐ。そのまま、スラックスも脱いでボクサーショーツのみになった。

暗闇の中、うっすら見える主任の裸体は、整ったお顔同様に、均整がとれていて美しい。腹筋は割れていて、無駄な肉など一切ないようだ。

初めて見る家族以外の男性の裸体に、私は激しくときめいた。

今からこの男性に抱かれるのだと思うと緊張して、もしかしたら最後まで心臓がもたないのではないかとすら思う。

再び私に覆い被さった主任と抱き合い、キスを交わす。服を着ている時とは違い、お互い裸で密着すると直に温もりが伝わり、さっきよりも幸福感が増すような気がした。

くちゅ、くちゅと音を立てて舌を絡めながら、主任の手が私の下腹部へ移動していく。誰にも触れられたことのない、未知の場所に彼の指が触れそうになり、私の腰が大きく跳ねた。

「ひっ」

思わず零れ出た声に、主任がわずかに身を起こして私を窺（うかが）ってくる。

「……やめる?」

それには、すぐに首を横に振った。

「大丈夫、です……ただ、ちょっと、びっくりして……」

「うん、優しくするから」

「……はい」

主任の言葉を信じて、彼の指の動きに全神経を集中させる。そっと割れ目をなぞった指は、襞の中にある一際敏感な花心に触れた。やっぱり最初はビクッと体が反応してしまったけど、何度も優しく弄（いじ）られているうちに、だんだんと私の口から甘い吐息が漏れ出てくる。

「ん、あっ……あ……」

触れられているのは、花心だけではない。親指で花心を弄（いじ）りつつ、他の指で足の付け根を何度も撫でられる。最初は私の様子を見ながらゆっくり動いていた指は、膣から溢（あふ）れる蜜によって次第に動きが滑（なめ）らかになり、動く速度が上がっていく。

「や……やだ、私……こんなになって……はず、恥ずかしい……っ」

「全然。むしろ俺は嬉しいよ」

こんなに濡れてくれて、と言いながら、主任が体をずらし、私の股間に顔を近づける。それに気づいた私は、慌てて体を起こそうとした。

「ダメです、ちょっと待っ……」

「待たない」

私が止めるのも聞かず、主任は襞を指で開き、その奥にある花心に直接舌を這わせた。

――やだ、そんなところっ……!!

シャワーも浴びていないのにと、羞恥心でたまらなくなる。だけど、すぐにそんなことは考えられなくなった。

「ひ……ああっ!!」

指で触れられるのとは違う、ざらついた舌の感触が私の快感を更に後押しする。これにはたまらず、私は大きく体を左右に揺らし悶えた。

「や、だめっ……それ、だめですっ……!!」

「……それって、気持ちいいってことだろ？　いい子だから、大人しく感じてな」

どこかいつもより強引な主任に、何も言葉を返すことができない。

――大人しくって……でも、このままじゃ私、おかしくなってしまいそうで……怖い。

主任の指や舌から与えられる快感は、徐々に大きくなる。下半身の奥の方がぎゅっとなる感覚がだんだん膨らみ、これからどうなってしまうのだろうという不安が生まれた。

「……っ、ダメ、私、おかしい……ですっ……なんか、来るっ……」

私が半泣きで訴えると、私の股間から少しだけ顔を上げた主任が、そのままの体勢で口を開く。

「大丈夫だから。このまま俺に身を任せて」

股間で喋られると、吐息が当たりゾクゾクする。もうどうしたらいいのか分からなくなった私は、両手で顔を押さえて迫り来る何かを待った。

「……もう、だ、めっ――」

それはいきなり大きくなったかと思ったら、私の中でパチンと弾けた。だけど、弾けた後も感覚として残り、私のお腹の奥がキュンキュンしているのを感じる。

「はッ……あ……」

――今の、何……？

初めての経験でわけが分からず、肩で息をしながら天井を見つめていると、主任が体を起こしながら「イッたんだよ」と教えてくれた。

「イッた……、これが……」

昔、友達との会話で聞いたことがある気がする。

――エッチをした時にイッた、とかイかない、とか……

これがそうなんだ、と納得していると、主任が唯一身につけていたショーツを脱ぎ、大きくなっている屹立に避妊具を被せるのが目に入った。

「……あ……」

男性のそれがどういうものか、見たことがなかったわけではない。子供の頃、父とお風呂に入ったりしていたし。でも、家族以外のそれを見たのは初めてで、衝撃的だった。形はもちろん、その大きさに驚く。

「……気になる?」

じっと見ている私に気づいたのか、主任が声をかけてきた。

「少し……」

「まあ、そうだよな……」

苦笑しながら、主任が再び私を組み敷くと、至近距離で見つめてきた。

「涼歩の中に入るよ。……いい?」

「はい……」

返事をしたら、主任はフッと微笑み、私のナカに屹立を少しずつ挿入し始めた。

最初はこのままスムーズに入るものなのかと思っていた。だけど、途中から痛みを感じ、そうではないのだと知った。

「……い、た……」

屹立が少しずつナカに入ってくるにつれ、無意識に顔が痛みに歪む。涙の滲む目で主任を窺うと、彼の表情も苦しそうに見えた。

「くっ……狭いな……涼歩、力を抜いて。もう少しだから」

優しい主任の声に、こくこく頷き浅い呼吸を繰り返す。その最中腰をグッと押し込まれ、一際強い痛みに息を呑んだ。

——痛ッ……!!

痛みと共にお腹の奥の方に、主任の存在を感じる。これが一つになるということなのだと、身をもって知ることになった。

「涼歩」

主任が私の名を呼び、ぎゅっと抱き締めてくる。

「全部入ったよ。大丈夫か?」

それを聞いて、一気に胸に安堵が広がる。

「……よかった……私、主任と一つになれたんですね……?」

「ああ」

嬉しかった。

気持ちがいいとか、そういうことはこの際置いといて。今の私は大好きな人と思いが通じ合い、こうして体を繋げられたことが何よりも嬉しくて、幸せだった。

幸せすぎて、何故か涙が出てきた。

「私……すごく嬉しいです……」

主任の体に腕を回しぎゅうっと強くしがみつき、私はこれ以上ない喜びに震えた。

「だからその呼び方はやめろって……なんか、悪いことをしてる気になるだろ。っていうか、これからだからな」

「え……?」

その呟きに、思わずすぐ側にある主任の顔を凝視した。彼はフッと笑って、上半身を起こし私を見下ろす。

「……少し動くぞ。痛かったらやめるから、遠慮なく言えよ？」

「え、あの……はい？」

とりあえず返事をしたはいいが、途端に不安が湧き上がる。

――動く……？　入っただけでも痛かったのに、動かれたら私、どうなっちゃうの……？

ぐるぐる考えながらじっとしていると、主任が屹立を少し抜き、それをゆっくりと沈める動作を繰り返した。

「……あっ……!!」

私の不安は的中し、再びそこを痛みが走った。

――痛いっ……!!

痛いけど、これを乗り越えないと本当に愛し合ったことにはならないのかもしれない。

その一心で、私は必死に痛みに耐えた。

「んっ……は、あっ……」

最初の時のような痛みが、挿入の度に私を襲う。ほとんど声にならない呻き声を上げると、主任の表情が申し訳なさそうに曇る。

「ごめん、痛いよな……もう少しだけ……」

――そんな顔しないで、大丈夫だから……

言いたいけど今は言葉にならず、私の体の両側にある主任の腕に掴まり、無言で頷いた。

最初は遠慮がちだった腰の動きは、蜜を纏わせ徐々にスムーズになっていく。何度か押し込まれると、ぐちゅ、という水音が聞こえてきた。

自分の体から聞こえる音なのに、とても卑猥でドキドキした。

自分は今、大好きな人とセックスをしている。

その事実が、次第に私の興奮を煽っていった。

「涼歩」

ぎゅっと目を瞑り痛みに耐えていると、主任が上体を倒して私と体を密着させてくる。彼の手が頬に触れたと思ったら、そっと唇に温かい感触が降りてきた。

「涼歩……好きだ、愛してる」

痛みの中、主任は甘い言葉といたわるようなキスを、何度も何度も繰り返してくれた。

「わた、しも……好き……です……、あいして、ますっ……」

突き上げられる痛みはあるけれど、それよりも私をいたわってくれる主任の優しさが嬉しかった。

嬉しくて、また泣いてしまいそうだった。

主任が大好きで大好きで、他のものは何もいらない。そして、この幸せな時間がいつまでも続けばいいとすら願った。

痛みと興奮と、幸福感とで感情がごちゃ混ぜになった結果、私の意識はいつの間にか途切れていたのだった。

目を覚ましたら、そこは主任の腕の中だった。

「……ん……？」

少しずつ瞼(まぶた)を開けると、目の前には枕に肘をついてこちらを見ている主任がいた。上半身は裸のままな彼の姿に、寝起き早々ドキッとする。

「よかった……目、覚めたか。気づいたら意識ないからびっくりした」

「……意識……飛んじゃったんですか、私……」

枕元にあったデジタルの時計を見ると、時刻は夜の十時過ぎだった。

「痛みもあったみたいだし、無理をさせたんだろうな……悪かった」

申し訳なさそうに目を伏せる主任に、思わずガバッと体を起こす。

「謝らないでください。私……すごく幸せだったのに……」

「うん、分かった。とりあえず、何か上に着ようか。そのままじゃ刺激が強すぎる」

言われてハッと自分の体を見下ろす。行為の後そのまま寝てしまったので、当たり前だけど今の私は全裸だ。小さく悲鳴を上げて、慌てて布団で隠した。

「す、すみません……」

「いや、全然。それより、涼歩は着痩(や)せするタイプなんだな……」

主任がじっと私の体を見つめてくるので、首を傾げる。

「そうですか？　平均的だと思いますけど……」

「涼歩は自分のことをよく分かってないな」

そう言うなり、上半身を起こした主任が私の体を覆う布団を剥ぎ取り、乳房を下から持ち上げるように包み込んだ。

「あっ、あの」

「ほら、俺の手に収まりきらないくらい大きい。これのどこが平均的？」

至近距離で私の顔を覗き込み、そのまま胸に顔を寄せて、乳首に吸い付いた。

「あっ……！」

ちゅうちゅうと音を立てて吸われ、反対の乳房も手のひらで捏ねくり回され、胸の先から全身に甘い痺れが走った。

「や、だめっ……しゅにんっ……」

眠って一旦落ち着いていたはずなのに、主任から与えられる快感でまたお腹の奥がキュンとなる。このままじゃまた体が疼いて止まらなくなってしまう。

「だめって言われると、余計やりたくなる。それに明日は休みだし」

「あ……っ、そ、そんな……っ」

一旦起こした体をまた倒され、主任に両手を掴まれベッドに縫い止められる。

「挿れないから、もう少しだけ」

「……は、い……」

返事をしたら唇を塞がれ、濃厚なキスをされた。

私を気遣ってか挿入はされなかったけど、しばらくの間私達は、ベッドの上で何度もキスを繰り返した。それはとびきり甘く、時間を忘れるくらい幸せだった。

私達がしっかり眠り目を覚ましたのは、周囲が完全に明るくなってからだった。

主任が起き出した音で目が覚め、しばらく布団の中でまどろんでいると、バスルームからシャワーを浴びる音が聞こえてくる。

――シャワー……そっか、昨日シャワー浴びる間もなく抱き合って……

起き抜けの頭で昨日の出来事を反芻すると、途端にドキドキと心臓が騒ぎ出し、なんだか居たたまれなくなる。

だめだ、思い出したら平静でいられない。

そう思った私は起き上がり、ベッドの周囲に散らばった服や下着を掻き集め身につけようとした。しかしそこでタイミングよく、シャワーを終えた主任が戻って来る。なので私は、もう一度布団の中に戻った。

「おはよう。よく寝られた？」

白い半袖のTシャツと、濃いグレーのジャージを身につけた主任は、洗いっぱなしの前髪が額にかかり、いつものキチッとした姿とは正反対。だけど、それがものすごくセクシーだった。

主任のファンが見たら、興奮して卒倒する人が出るレベルだと思う。

「は、はい」

セクシーすぎる主任に腰が引けつつ返事をしたら、バスタオルを手渡された。

「シャワーを浴びるならどうぞ」

髪をタオルで拭きながら微笑む主任に、ドキッとする。慌ててタオルを受け取り体に巻きつけると、私は服を持って教えられたバスルームに移動した。

昨夜は興奮していたし、なんか変なホルモンでも出ていたせいか主任の色気に気がつかなかった。だけど今、こうして明るい場所でプライベートの彼を見たら、とんでもなく格好いい男性だということに改めて気づき、さっきから動悸が止まらない。

――彼みたいに素敵な人と、昨夜はあんなことやこんなことを……

シャワーを浴びながら、悶死しそうになった。


「シャワー、ありがとうございました」

バスルームで身支度を整えリビングに戻ると、パンの焼けるいい匂いがした。何気なく匂いの元を辿ると、二人掛けのダイニングテーブルにトーストした食パンが置いてあった。その横に、ボイルしたウインナーやスクランブルエッグが添えてある。

「よく考えたら、昨夜は飯を食べなかったから、朝、腹減って目が覚めた。あり合わせで申し訳ないけど、よかったらどうぞ」

言われてみれば、確かに昨夜は、食事を取ることなどすっかり忘れて行為に突入してしまった。シャワーを浴びながら、グーグーお腹が鳴ってしまい、それでようやく昨日の夜から何も食べていないことを思い出した。

でもまさか、主任が食事を用意してくれているなんて思ってもみず、私は驚きのあまりダイニングテーブルを見つめ口をあんぐり開けた。

「え、え、これ全部主任が……？」

「ここには、君の他に俺しかいないでしょ。それに結局主任って呼んでるし……まあ、いいけど」

そう言って、シンク前に立つ主任は、使い終わったフライパンを洗いながら笑う。

「すみません、まだお名前で呼ぶことに慣れなくて……いずれ、呼べるように頑張ります……それと、お食事、ありがとうございます！　お腹ペコペコなので嬉しい……」

ダイニングテーブルに着き、いただきますと手を合わせてから、食パンを齧った。

絶妙な焼き加減のパンは、表面はさっくりで中はもっちり。しかも惜しみなく塗られたバターが、噛んだ瞬間じゅわっと口の中に広がった。

――美味しいっ……!!

トースト自体の美味しさはもちろんだけど、主任が作ってくれたことや、初めて一緒に迎える朝という今の状況が加味され、最高に美味しいトーストに仕上がっている。もちろん、トーストだけではなく、添えられたスクランブルエッグも絶妙な半熟具合で美味しかった。

私が朝食の美味しさに感動しつつ、もくもくと食べ進めていると、洗い物を済ませた主任がコーヒーを持ってきてくれた。

「どうかな。俺の好みの焼き加減にしちゃったんだけど」

「すごく美味しいです!!」

椅子に腰を下ろし、コーヒーの入ったカップに口をつける主任に、食い気味で返事をした。すると、それが可笑しかったらしく、主任は口に含んだコーヒーを噴きそうになっていた。

「……っ、そう。よかった。なんとなく、涼歩は普段いいもの食べてそうだったから……」

「いえ、私、そんなにいいものは食べてませんよ。最近の朝ご飯は、ご飯と焼き海苔だけですし」

これは本当。確かに実家に住んでいた頃は、豊かな食生活だったと思う。でも家を出てからは、全て自分のお給料で賄っているので、食生活は至って質素だ。

それを聞いた主任は、私を見てポカーンとしていた。

「焼き海苔って……それだけ？」

「はい。美味しくてハマっちゃって」

実家にいたら、絶対にそんな食生活はさせてもらえなかっただろう。

そんなことを考えていた目の前で、いきなり主任が笑い出した。

「ははは っ……!!　お嬢様かと思ったら滅茶苦茶質素な食生活してたり……やっぱり涼歩、面白い」

「……え？　そ、そうですか……？　っていうか、焼き海苔でそんなに笑います……？」

お腹を押さえて笑い続ける主任を見て、今度は私がポカーンとする。

「ギャップが激しすぎる、はー、腹いて……」

「……そういうものでしょうか……」

よく分からないけど、笑ってくれるならそれでいいか。

深く考えるのはやめて、主任が作ってくれた最高のモーニングに舌鼓を打つのだった。


本当は明日も休みだし、もっと主任と一緒にいたかったけど、涙を呑んで諦めた。

というのも……

「……そろそろ、スマホの電源を入れた方がいいんじゃないか？」

「はい……分かってはいるんですけど……」

主任の運転する車でマンションまで送ってもらっている途中、いまだにスマホの電源を落としたままでいることを、やんわりと窘められてしまった。

「でも、心配して方々探し回ってる可能性もあるだろ。もしそうだったら、俺は秀一郎さんに申し訳ない」

「……はい……」

主任には言えないけど、私が心配しているのは秀一郎だけじゃない。啓矢や実家の両親にも、私が外泊したことが伝わっているのではないかと、ドキドキしているのだ。

でも、私のマンションまで、もう目と鼻の先まで来てしまったし、覚悟を決めてスマホの電源を入れた。すると案の定、ＳＮＳにはおびただしい数の秀一郎からのメッセージが来ている。どれも私の行き先を案じて「連絡をください」という内容ばかりだった。

——やっぱり……

私が助手席でげんなりしていると、それに気づいた主任が「大丈夫か」と声をかけてくる。

「秀一郎さんに怒られたら、俺のせいだって言ってくれていいから。なんなら、俺も一緒に行って、謝ろうか？」

「えっ!?　そんな、いいです!!　大丈夫です！　それに私達、別に悪いことをしたわけじゃありませんから」

──連絡をしないで、心配かけたのは……悪かったと思うけど……

「本当に大丈夫ですから。気にしないでください」

二人とも成人した大人なのだし、秀一郎にだって紹介済みだ。

「……分かった。でも、何かあったらすぐ言ってくれよ？」

「はい」

私が明るく笑って頷くと、ようやく納得してくれた。

いつもと同じ、マンション近くの路肩に横付けしてもらい、車を降りようとした。

「じゃあ……ありがとうございました、その……いろいろ嬉しかったです……」

昨夜は、本当に本当に、これまで感じたことがないほど幸せだった。

私がそんな思いを込めて主任を見つめると、彼の綺麗な顔が近づき、唇にチュッとキスされた。

「俺も。いろいろ無理させただろうから、今日はゆっくり休んで」

「はい……じゃ、また」

「また」

名残惜しいけど、車を降り主任の車を見送った。そして私は、気持ちを切り替えてマンションの部屋に向かう。

——秀一郎のことだから、部屋にいたり、とか……

恐る恐る解錠し部屋のドアを開ける。すると、あろうことか、玄関に見知った靴が二足並んで置いてあり、途方に暮れそうになった。

——やっぱり、いた……！

ドアを開けた音に気づいた二人が、バタバタと足音を立てて玄関に飛んでくる。言うまでもなく、秀一郎と啓矢だ。

二人は私の顔を見て安堵するや否や、怒りを露わに説教してきた。

「涼歩様！　何故携帯の電源を切るんです⁉　緊急時に連絡がつかないでしょう⁉」

「ごめんなさい、ほんっとーにごめんなさい‼」

秀一郎の剣幕に、私は玄関先で平謝りするしかない。

「秋川様のところにいらしたのでしょう？　正直に言ってくだされればいいではありませんか」

ため息をつき、静かな口調で言ってくる秀一郎に、おずおずと顔を上げる。

「……秀一郎、怒らないの？　私、絶対怒られると思って……」

「あなたは大人の女性です。それに秋川様とは面識もありますし、彼なら信用できるかと。だからこそ、きちんと伝えていただきたかったです。一緒にいる相手が違うという可能性もありましたからね、連絡がつかない時は焦りました」

「え……じゃあ、なんで主任のところにいるって分かったの？」

「緊急時に備え、涼歩様のバッグにGPSを忍ばせてありましたので」

――なんですって!?

慌てて持っていたバッグをチェックすると、普段あまり使用していない外側のポケットに見慣れぬ機械が入っていた。秀一郎ったら、いつの間に。

驚いている私に、すかさず啓矢が苦言を呈してくる。

「こんな風に心配をかけて、秀一郎の寿命が縮まったらどうするんだ！　ただでさえ老い先短いのに」

「啓矢様、老い先短いは余計です」

「ちょっと、待って。それより、なんでここに啓矢までいるの」

二人の間に割って入ると、啓矢は心外だ、という顔をする。

「俺は気になる話を耳にしたから、お前に教えてやろうと思って来てやったんだ。そうしたら先に来ていた秀一郎がインターホンに出て、驚いてそのまま一緒にお前の帰りを待つことに……結果的に秀一郎と二人きりの夜を過ごしてしまったではないか、どうしてくれる」

「な、なんかごめん。……それより気になる話って何？」

彼がわざわざ訪ねて来るほどの話の内容が気に掛かる。私が眉をひそめて尋ねると、啓矢の顔がどこか神妙になる。

「ホテルオオモリの大森春奈が、お前の勤務先の先輩社員に結婚を断られて怒り狂ってると聞いた。

オオモリの社長令嬢の評判の悪さは、以前からよく噂になってたからな。何か面倒なことになるかもしれない……という話を秀一郎にしたら、その社員はお前の彼氏だという。何か聞いてるか？」

啓矢の話を聞いて、私の顔が青くなるのが自分でも分かった。

「……うん」

私が頷くと、啓矢が盛大にため息をついて額を押さえる。

「どうするんだ？　一般人にとっては、オオモリの娘はまあまあ厄介だぞ。まあ、最悪お前が正体を明かして、自分がその男性の婚約者だと主張すれば、相手は引かざるを得ないと思うが」

啓矢に言われた内容に、一瞬頭が真っ白になる。確かにそうすれば相手は諦めてくれるかもしれない。でも――

「そ、それは……まだ、だめ……」

――正体を明かしたら、父との約束で実家に戻らないといけなくなる……

唇を噛んで下を向く私に、啓矢がまたため息をついたのが分かった。

「じゃあ仕方ない。このまま様子を見守るしかないな」

「ほら、涼歩様。いつまでも玄関に立っていないで。中でお茶でも飲みましょう」

秀一郎に促され部屋の中に進み、畳んである布団に腰を下ろした。

今後のことを憂い、気分は暗く沈む。さっきまでの幸福感が嘘のようだった。

秀一郎が淹れてくれたお茶を飲みながら、何事も起こらないことを切に願う。

しかし、主任を取り巻く状況は私が願う方向には進んでくれなかったのである。

七

週明け。私が出勤し、エレベーターの前に立っていると、「新行内さん、ちょっと！」と声をかけられた。何気なくその人を見ると、釜屋さんだった。

「あ、釜屋さん！　お久しぶりです」

「久しぶり！　なんだけど、ちょっといいかな」

「はい……？」

声を潜め私を人気の少ないところに引っ張っていく釜屋さんの様子からして、胸騒ぎがする。

「さっき、同じ部署の人達が噂してるのが聞こえちゃったんだけど、秋川主任の噂……あれ、本当なの？　ホテルオオモリの社長令嬢からの求婚断ったって……それで今後、ウチとの付き合いがなくなるっていう話も……」

社員にまで噂が広まっている事実に驚いた。

「あ……うん、なんかそういう話があるみたいです……」

私が神妙に頷くと、釜屋さんの反応は思っていたものと違っていた。

「そっか……会社としては困るかもしれないけど……私個人としては、相手の地位に目もくれない秋川主任、格好いいよね！　相手の女の人、ちょっといい気味って思っちゃった」

「え……」

まさか釜屋さんが、そんな風に思っているなんて驚いた。

同時に、釜屋さんの言葉が胸に沁みて、私の体からほっと力が抜ける。

「私みたいに思ってる人、若手社員では結構いるみたい。できれば秋川主任には何もおとがめとかないことを願ってる」

「あ、ありがとう、釜屋さん……主任にも伝えるね……」

「新行内さんも、直属の上司がこんなことに巻き込まれて大変だと思うけど、負けずに頑張ってね」

釜屋さんはそれだけ伝えると、手を振り笑顔で去って行った。

あんな風に思ってくれる人もいるんだなあ、と気持ちが上がる。

だけど部署に着いた途端、また主任が上層部に呼び出されたと同僚が教えてくれて、たちまち不安でいっぱいになった。

――主任……大丈夫かな……

それから一時間ほど経って、ようやく主任が戻って来たけど、その表情には明らかに疲れが出ている。

「あの……」

隣の席に戻って来た主任に、思わず声をかける。彼は私を見ていつものように微笑むと、【昼休み屋上で】と書いたメモを渡してきた。

やっぱり何かあったのだと思い、すぐに主任を見て頷くと、主任も一瞬表情を緩め小さく頷いた。

本当は今すぐどうなったのかを尋ねたい。それをぐっと我慢して昼休みを待つ。

先に席を立った主任を見送り、私はわざと時間をずらして屋上へ行った。

主任は私が到着するとすぐに、今の状況を教えてくれた。

「先方から考え直さないかと言われたんだけど、断った。このままいくと、たぶん俺は、全ての責任を取ることになりそうだ」

主任の口からはっきりとそう言われ、目の前が真っ暗になった。

「で、でもこの前は社長がフォローしてくれたって……」

フェンスの向こうを眺めながら、主任が深いため息を漏らす。

「今でもそう。俺が責任を取ると言っても、社長は俺一人に責任を負わせることはできないと言ってくれる。だけど、オオモリとの付き合いが長い常務や専務の怒りを収めるには、俺が責任を取るしかないだろう。社長には保留と言われたけど、俺はもう覚悟を決めている」

「そんな！　主任は何も悪くないのに！」

声を上げる私に、主任が寂しそうに微笑む。

「ありがとう。でも、相手があれだけ怒るってことは、おそらく俺の対応も悪かったんだ。そう考えるとまあ、しょうがないかなって」

寂しそうだけど、口調は淡々としている。まるで全てを諦めたみたいな主任に、言いたいことがたくさんあって頭が混乱する。

「しょうがなくなんかないです、こんなの……相手の女性のわがままじゃないですか！　それに他部署の私の同期が、はっきり断った主任のこと格好いいって言ってました。若手社員にも主任のことを応援してる人が結構いるって教えてくれたんですよ、なのに……」

「嬉しいよ。嬉しいけど、ウチとオオモリの長年の付き合いを、こんなことで終わらせるのは俺が嫌なんだ。そんなことになるくらいなら、俺が会社を去る方がいい」

「主任！」

　顔を険しくする私に、彼は申し訳なさそうに目を逸らした。

「ごめん。でも本当に、今はこれくらいしかできることが思いつかないんだ」

　思い詰めた様子の主任に、私は言葉が出なくなった。

　彼は本気で責任を取ろうとしている。それが痛いほど分かるから。

「付き合い始めたばかりなのに、彼氏が無職になるなんて、涼歩には申し訳ないんだけど」

　さすがにこれには黙っていられず、すぐに反論した。

「申し訳なくなんかないです！　私、主任が無職だってなんだって、好きなことに変わりはないです、絶対、変わらないです」

　もう、主任以外の男性を好きになるなんて考えられない。それだけは分かってほしい。

　そんな思いを込めて主任を見つめていると、ようやくいつものように微笑んでくれた。

「ありがとうな。そう言ってもらえると、嬉しい」

「……主任……」

「戻るか」

「はい……」

私の肩にぽん、と手をのせ、主任が先に歩き出す。

主任の背中を見つめながら、なんとも言えない気持ちになる。

何故こんなことになってしまったのだろう。何か、いい方法はないのだろうか……

食事をしていても午後の仕事に戻っても、私はずっとそのことを考えていた。

あんなに楽しそうに仕事をしていた主任が、理不尽な理由で居場所を追われる。そんなこと、やっぱりどうあっても我慢できない。

——どうすればいい、どうしたら、主任を助けられる……？

大好きな彼に、これ以上、悲しい顔をさせたくない。そのために私に何ができる？

そんな私の頭に、一つの案が浮かぶ。でもそれは禁じ手。できることなら使いたくなかった。

だけど、自分のことよりも、主任のためにできることをしたい。

何度自分に問いかけても、その気持ちは変わらなかった。

「新行内さん」

自分の中で決意が固まりかけた時、主任に声をかけられる。

「はいっ」

「大丈夫？　なんか、顔色あんまり良くないけど」

私の顔を窺（うかが）ってくる主任に、今思っていることを悟られてはいけない。

私はなんでもないふりで、主任に微笑みかける。

「大丈夫です。どうかご心配なく」

「……そう？　それならいいけど」

まだ心配そうにこちらを見つめている主任に、にこっと微笑んでから前を向く。

――決めた。

大好きな人を守るためなら、仕方ないし諦めもつく。

きっと会社を去る覚悟を決めた主任だって、同じ気持ちだったに違いない。

私は心の中で、大きく頷いた。

終業時間になり、私はすぐさま帰り支度を始める。

「主任、お先に失礼いたします」

慌ただしい私の動きに、主任は何か察知したらしい。部署を出た私をすぐに追いかけて、呼び止めてきた。

「新行内さん。どうした？」

「いえ、何も。今日はこの後、行くところがあるんです。それでは、お疲れ様でした」

「……お疲れ様」

いろいろ悟られたくなくて、つい事務的な言葉になってしまう。聡（さと）い主任のことだ、もしかしたら私の様子がいつもと違うことに気がついてしまったかもしれない。

それが少しだけ心配だったけど、主任は何も言わなかった。

ほっとした私は、笑顔で会釈をして主任の側を離れた。

社屋を出て駅に向かって歩き出した私は、ある場所に向かうためタクシーに乗り込む。

「新行内ビルまでお願いします」

この一言だけで、運転手さんはかしこまりました、と車を発進させる。

新行内ビルというのは、私の実家が所有する商業ビル兼オフィスビルだ。低層階と高層階のワンフロアにショップや飲食店が入り、中層階には新行内の関連会社を含む企業のオフィスが入っている。そのビルのワンフロアに父の職場があり、この時間はおそらくそこにいるはずだ。

ビルに到着してタクシーを降りると、父のいるフロアへ向かう。

受付で素性を明かし父への取り次ぎをお願いすると、すぐに秘書の男性が出て来て父のいる部屋に案内してくれた。

「こちらにいらっしゃいます。どうぞ」

秘書の男性にお礼を言って扉を開けると、広い部屋の奥にあるデスクに父がいた。

父は私に気がつくと、パッと顔を輝かせて立ち上がる。

「おお、涼歩!!」

「お父様、お久しぶりです……」

私の近くにやって来た父は、嬉しそうに私を抱き締めた。

新行内源嗣、五十二歳。身長は百八十センチ、昔は細身だったが最近、若干お腹が出始めたこのロマンスグレーの男性が、私の父で新行内一族のトップに立つ人だ。

「よかった、元気そうで何よりだ！　この数ヶ月、秀一郎から様子は聞いていたが、お前に会えなくて寂しかったぞ!!　……ん？　少し痩せたか？　ちゃんと食べてるのか？」

実家に住んでいた頃のように、私の頭から足の先までをくまなくチェックする父に、思わず眉をひそめる。

思い出した。この過剰なまでに心配してくるところにもうんざりして、家を出たいと思ったんだ。

「た、食べてます。それよりお父様、私、今日はお父様に、お願いしたいことがあって……」

父の手を押しのけながら本題に入ろうとすると、私に押しのけられたことに口を尖らせていた父の目が鋭くなる。

「ホテルオオモリとお前の勤務先の件か？　もっと詳しく言えば、お前が今交際している秋川という男性のことか？」

「……やっぱり、全部知ってたのね……」

「当たり前だ、私を誰だと思ってる。まあ、座りなさい」

父は私を応接セットのソファーに座るよう促す。レザーのソファーに腰を下ろし、何を言われるのかと身構えていると、先ほどの秘書さんがお茶を持ってきてくれた。

「お前が好きな宇治の玉露だ。それでも飲んでちょっとは落ち着きなさい」

「……ありがとう。けど、落ち着いてる場合じゃないの。お父様、私……」

「秋川という男性を助けたい、だろう？　違うか？」

私が話す前に、父にはもう全部バレていることに、言葉に詰まる。でも、それならば説明の手間が省けて話が早い。

「違いません。私、秋川主任……いえ、秋川さんを助けたいんです」

自分の椅子に座る父は、デスクの上で手を組みながらじっと私を見る。

「オオモリはさておき、お前の勤務先の社長である畔上さんのことはよく知っているし、付き合いもある。私が頼めばまず間違いなく助けることは可能だ」

「本当⁉　お父様っ……」

思わず腰を浮かせた私を、何故か父が手で制する。

「涼歩、家を出る時に交わした約束のことを、忘れてはいないだろうな？」

「もちろん……忘れていません」

「ならば、この件に関して助けてやる代わりに、お前は会社を辞めて家に戻りなさい。いいね？」

覚悟はしていた。でも、改めてその条件を突き付けられると、思っていたよりも辛い。

「どうしても……どうしても辞めないとだめ……？」

「そういう約束だ。半年間、もう充分外の世界を経験できただろう？　この先は、私達の庇護の元、今まで通り何不自由のない生活を送ったらいい。そのうち、私がもっといい結婚相手を見つけてやる。何も、こんなトラブル一つ回避できないような男でなくたって……」

「秋川さんのことを悪く言わないで‼　あの人は何も悪くないのに！」

いきなり大きな声を出した私に、父が驚き目を見開く。

「涼歩」

「何も悪くないのに、会社を思って責任を取ろうとしてるの。それくらい優しい人なの。じゃなきゃ私だって……」

——せっかく手に入れた、今の生活を捨てる決心なんかつかなかった。

唇を噛んで黙り込むと、黙って見ていた父がふうっと、息を吐いた。

「お前の意思はよく分かった。でも、条件は変わらないぞ。私の助けを借りるなら、さっさと退職届を出して、引っ越しの準備をしておきなさい。もちろん、秋川という男性とも別れてもらう。いいね。よく考えなさい」

これだけ言うと、父は椅子をクルッと反転させ、私に背を向けた。こうなってしまうと父は聞く耳を持たないということを、私はよく知っている。

「……分かりました。今日は帰ります……」

冷めた玉露を飲んで、私は背を向ける父に一礼し社長室を出た。

実家に戻らなければいけないのも、主任とお別れするのもすごく辛い。でも、それで秋川主任が今のまま会社にいられるのならば、百歩……いえ、千歩譲って我慢できる。

——そう、決心してきたけど……

主任と別れ、別の男性と結婚して実家を継ぐ。父に突き付けられた現実に、覚悟が揺らいだ。

全て大好きな主任を守るためだけど、やっぱり予想以上に応えた。

——でも、これしか方法がないなら、そうするしかないんだ……

涙が出そうだったけどそれをグッと堪えながら、私は父のいるフロアを後にしたのだった。

翌日出勤し、エレベーターを待っていると、近くに立つ若い男性社員の会話が聞こえてきた。

「聞いた？　秋川主任の話。あんないい条件の結婚話断るなんて、すげえよな、イケメンは」

「バックに社長がついてると思って、いい気になってんじゃねえの。俺はどっちかっつーと常務派だな。ああいうトラブル起こすやつは、どっか地方にでも飛ばしちまえばいいんだよ」

は⁉　と思わず声のする方を見ようとした。でも、ちょうどエレベーターが来てみんなが一斉に動いたので、誰が言っていたのか分からなくなってしまう。

釈然（しゃくぜん）としないまま、私は次に来たエレベーターに乗り込んだ。

──事情も知らないのに、あんなこと言うなんて、ひどい……！

みんながみんな、秋川主任の味方だとは思っていない。だけど、同じ年くらいの若手社員の中にもこういう風に思っている人がいるという事実が、今の私にはショックだった。

それに、こんな状況が長く続くのは、秋川主任だって辛いに違いない。

──やっぱり、父にお願いするしか方法はないのかな……

でも、まだ望みがなくなったわけじゃない。大森春奈さんの気が変わることだってあるかもしれないし……

早く事態が収束に向かってくれるよう祈りながら部署へ行くと、主任は席にいなかった。

──今日は、まだなのかな……

だが、始業時間が始まっても主任は現れない。気になって行動予定を示すホワイトボードを見に行くが、そこには何も記されていなかった。

何かおかしい。根拠はないけど胸騒ぎがする。

そう思い始めると不安で居たたまれなくて、私は席を立ち江渕さんの元へ行った。

「江渕さん、お忙しいところすみません、ちょっといいですか？　今日、秋川主任は……」

私が尋ねると、何故か江渕さんがギョッとした顔で私を見る。彼女は周囲を窺(うかが)い、誰も見ていないことを確認すると、私の耳元で囁(ささや)く。

「主任なら朝一で呼び出されて、今頃常務のところよ」

――呼び出された……？

「それは……ど……どういうことですか？」

私が動揺して尋ねると、江渕さんが困惑する。

「そんなの分かるでしょ。例の件よ。それに私、見ちゃったんだけど、朝エントランスの前に、見慣れない高級車が停まって、中からオオモリの社長令嬢が出てきたのよ」

「えっ!!　な、なんで……」

「この時期にうちに来るなんて、絶対例の件絡みでしょ？　もしかしたら、思い通りにならない主任に業(ごう)を煮やして、お嬢様直々(じきじき)に乗り込んできたってとこかも……あーほんと、主任どうなっちゃうんだろ……気になって、さっきから全然仕事に集中できない……」

両手で顔を押さえて遠くを見ている江渕さんと同じくらい、私も呆然と空(くう)を見つめる。

――どうしよう、どうしよう。このままじゃ、本当に主任が……

「し……失礼します」

「え、ちょっと――」

頭でいくら考えていたって何も始まらない。私は無意識のうちに部署を出て、常務の執務室があるフロアへ向かっていた。

なんとかしなければ、という一心で役員フロアに到着した私は、当たり前だけど受付で止められる。

「ちょっと、勝手に入っちゃダメですよ！」

「お願いです、通してください！　今行かないと……」

「ダメなものはダメです！」

受付担当の女性社員に道を塞がれ、状況を説明しようとしていると、私の背後に人の気配がした。

「なんの騒ぎだい」

この低い男性の声には聞き覚えがある。私や受付の社員がハッとしてそちらを向くと、社長が立っていた。

「社長！　いえ、こちらの社員が、いきなり常務と来客に会わせろと言い出しまして……」

「こちらの社員？」

社長が私をじっと見てくるので、反射的に頭を下げた。

「営業部の新行内涼歩です」

名乗った瞬間、社長の眉がピクッと動いた。

「……君、もしかして……」

社長はそう言ったきり黙り込んだ。が、すぐに私の背後にいる受付の女性に視線を送った。

「通してあげなさい。ここは私が責任を持つから。あと、三人がいるのは常務の部屋じゃなくてその手前にある応接室ね」

「えっ⁉　しゃ、社長⁉」

受付の女性が「嘘でしょ」という顔をして、私と社長を交互に見る。

でも今は彼女にいろいろ説明をしている時間はない。私は社長に勢いよく頭を下げ、教えてもらった部屋に急いだ。

ドアの前まで来ると、さすがに少し冷静さが戻って来て、緊張してきた。だけど、ここで怯んだら、きっと一生後悔する。

——ここからどうやって中に入ったら……

ドアの前で、入るに入れないでいると、お茶を載せたトレイを手にした社長がやって来た。

「ほら、これを持って行きなさい」

社長は私にトレイを渡すと、私の代わりにドアをノックしてくれる。

「どうぞ」

その声が聞こえたのを合図として、社長がドアを開け、私に【行きなさい】と口パクで促してくれた。

なんで社長が協力してくれるのか分からないけど、今はそれに感謝しよう。

そして、腹をくくった私は、気持ちを落ち着け「失礼します」と部屋の中に足を踏み入れる。入った途端、秋川主任は私の顔を見て固まっていた。

「はっ!? 涼……」

主任に目で合図すると、主任はグッと言葉を呑み込んだ。

部屋の中には、秋川主任の他に、常務と初めて見るホテルオオモリの大森春奈さんがいた。二人は、私に興味を向けることなく、当たり障りのない会話をしている。

春奈さんはバッチリメイクをした綺麗な女性で、白いジャケットとタイトスカートを身につけ、スカートから露出する脚はすらりとして細い。長い髪はコテで巻いたようにカールしていて、エレガント、という表現が当てはまりそうな外見だ。

これまでの人生でエレガントだなんて言われたことのない私は、彼女の外見になんとなく引け目を感じて気持ちが怯(ひる)みそうになる。

——この女性が大森春奈さん……主任を見初(みそ)めて結婚を迫ってる人……

お茶を置いてしまった私は、結局何もできずに応接室を出るしかなくなる。悄然(しょうぜん)と俯(うつむ)いて歩く私が視線を上げると、ドアの陰に隠れるように社長が立っていた。社長は、ドアを閉まる寸前のところで止めて、私に言った。

「……少し、ここで様子を見ようか」

「はい……!」

二人でじっと様子を窺(うかが)う中、中断していた話し合いが再開された。

「……それにしても、秋川さんは見かけによらず強情な方ね。これだけあなたにとって有利な条件を提示しているというのに……ねえ、常務さんだってそう思うでしょ？」

「そうだよ、秋川君。ここでの給料の倍以上の収入を約束され、尚且つ春奈さんと婚約すれば、将来は君がホテルオオモリの社長になる可能性だってあるんだ。こんないい話は二度とないぞ？」

常務が秋川主任に話を振る。でも主任は、首を縦には振らなかったようだ。

「何度も申し上げている通り、そのお話はお断りします。自分には心に決めた女性がおりますし、オオモリに行って役に立つとも思いません。このまま、一社員として働く方が性に合っています。申し訳ありませんが、どうかご理解ください」

この通りです、と言っているところからすると、頭を下げているのだろう。

しかしそんな主任の態度に業を煮やしたのか、いきなり春奈さんの怒号がドアの外側まで聞こえてきた。

「いい加減にして！　この私がこれだけ言ってあげてるのに、どうしてうんと言わないの⁉　社長になれるのよ⁉　心に決めた女？　どうせどこにでもいるような女でしょう？　そんなのと私を比べて、その女の方を選ぶなんて、どうかしてるんじゃないの⁉」

「……お言葉ですが。彼女はどこにでもいるような女性ではありません。私にとっては誰よりも大切で、かけがえのない存在です。確かにあなたは素晴らしい肩書をお持ちかもしれないが、だからといって彼女を侮辱するような発言をするのは、やめていただきたい」

毅然とした主任の言葉に、状況を忘れて嬉しさが胸に広がる。でも、すぐに聞こえてきた春奈さんのヒステリックな声に、嬉しさが吹き飛んだ。

「なんですって⁉　あなた、私を誰だと思ってるの⁉　私が下手に出ているのをいいことに、少し調子に乗っているようね⁉」

「私は間違ったことを言っているとは思いません。そんなことを言われるのは、心外です」

「おいっ！　秋川、口を慎みなさい‼」

常務の怒号が聞こえた直後、春奈さんがコホン、と咳払いをした。

「……今のは聞かなかったことにしてあげる。いい？　秋川虹さん。私の婚約者となって、うちの会社にいらっしゃい。これが最後通告よ。もしそれを断るというのなら、今後一切、この会社とうちのホテルや系列会社との付き合いはないものと思いなさい。あなた一人のせいで、会社が大損害を被るのよ。そんなの困るわよね？　だったらあなたの取るべき行動は一つしかない。聡いあなたなら、どうするべきか分かるわね？」

媚びるような甘ったるい声に背中がザワザワした。この女性はそこまでして主任を自分のものにしたいのだろうか。

――そのために会社同士の取引を利用するなんて、職権乱用もいいところだわ。こんなのは許されていいことじゃない……‼

でも、秋川主任は毅然としていた。

「何を言われても、私の答えは変わりません」

「秋川っ‼　なんて勝手なことを……！　これはもう、お前一人の問題じゃないんだぞ。さっさと申し出を受けないか！」

脅しのような常務の口調に怒りが込み上げる。

「私は大森さんには従いません。そして、会社を辞めます。社員でない人間を理由に、これまでの取引を一方的に打ち切るのであれば、オオモリ側にも問題が出るのではないですか」

脅しに負けることなく、相手に向き合う主任の姿に、心の中で拍手を送りたくなる。

――やっぱり主任格好いい……!! そんな人が、辞めていいはずなんてない！

だけど、やはり事態はそう上手くはいかなかった。

いきなり、ガシャーンと、何かが割れるけたたましい音が響き渡る。

「バカにして……!! あなた、このままじゃ許さないわよ……私を怒らせるということは、オオモリグループを敵に回すことと一緒よ。この会社を辞めた後、どこにも就職できないように手を回すことだってできるのよ……？」

さっきの猫なで声からは想像もつかない、怒りの籠もった低い声で喚き散らす。これは、さすがに目に余る状況だ。

これはもう、放っておくことはできない。

「社長……」

拳を握りしめた私は覚悟を決め、隣にいた社長を見上げる。どこか残念そうな顔で私を見つめ返し、社長は静かに頷いた。

「秋川君を助けてあげてください。新行内涼歩さん」

社長はそう言うと、ゆっくり私に頭を下げた。

「……はい、行ってきます」

正直言ってどう行動するのがベストなのか、自分でもよく分からない。

分かっているのは、ただ愛する人を守りたいということだけだ。だけど、たとえ助けることができても、私には彼との未来はない。

でも、もういても立ってもいられなかった。

私は応接室のドアをノックし、返事が聞こえる前にドアを開けた。

「お話し中のところ失礼いたします」

私が姿を現すと、まず主任が反応しこっちを見て固まる。続いて常務、そして春奈さんが眉根を寄せ私を睨（にら）み付けてきた。

「……何？　さっきお茶持ってきた人？」

それを受け、常務が私に怒号を浴びせる。

「なんだ君は！　この状況を分かっているのか⁉　出ていきなさい‼」

常務の声の大きさに足が震えそうになる。でも、ここで怯（ひる）むわけにはいかない。

その一心で、私は春奈さんに向き合った。

「初めてお会いします……オオモリグループの大森春奈さん。先ほどから伺（うかが）っていれば、あなた、名家に生まれたというだけでこんな振る舞いをして、恥ずかしいとは思わないのですか」

「……は？」

春奈さんはいきなり現れた私に困惑しているようで、ポカンと口を開けたまま固まっていた。

「他社で権力を振りかざし、わがままを通そうだなんて、オオモリの社員が知ったらどう思うでしょう。あなたの身勝手な行動によって、これまでご家族やご先祖様が苦労して築き上げてきた地位や名誉が、傷つき地に落ちるかもしれないとは考えないのですか」

「涼歩」

怪訝そうな顔で秋川主任が見つめているのは分かっていたけど、私は春奈さんからじっと目を逸らさない。

それもこれも、春奈さんがしていることを自分に置き換えたら、とてもじゃないけど正気ではいられなかったから。

わがままで人を意のままに操ろうとし、それが叶わないと分かると駄々をこねて家の力で相手を追い詰める。もし私がこんなことをしようものなら、父に勘当されるだろう。

それだけじゃない。これまで私の周囲にいた人達は、揃って失望し去って行くに違いない。

――この人の行いは、ある意味反面教師だ。

だからこそ、こんなことをしても無意味だということを、できることなら、彼女自身に気づいてほしかった。

と同時に、難しいだろうなとも思っていたら、案の定だ。

「あなた、突然入ってきて何⁉　なんで私が、あなたみたいな一般人に、そんなことを言われないといけないのよ⁉　常務、この女を今すぐクビにして。私の目の前から、さっさと消してちょうだい!!」

私にビシッと指を差し、春奈さんがすごい剣幕で私を罵る。焦ったように立ち上がった常務が、すごい顔で私に歩み寄って来た。

「いきなり入ってきてなんなんだ!!　名前と部署を言え!!」

私は怒りに震える常務に突き飛ばされてふらつき、床にぺたんと尻餅をつく。

「涼歩!!」

主任が私の名を呼び、立ち上がったのが見えた。でも、これは私のすべきことだ。

私はすぐに立ち上がると、毅然と常務と向き合う。

「営業部の、新行内涼歩です」

途端に、それまですごい形相で私を睨んでいた常務の表情が固まる。

「……新行内……？」

次の瞬間、常務の顔色が、みるみる赤から青色に変化していく。

私がその様子を見ていると、痺れを切らせた春奈さんが立ち上がった。

「シンギョウチスズホ。私を怒らせたらどうなるか身をもって知るといいわ。あなたなんか簡単にこの会社から排除できるのよ。それに、あなたの親もどうなるか分からないわね。社会的に抹殺するなんて、私の力を持ってすれば……」

「ほう。どうするのかな？」

突然、ここにいる人以外の声がして、全員の視線が一斉に声のした方に移る。そんな中、私だけは声の主が誰なのかすぐ分かった。

「お、お父様!? どうしてここに……」

開いたドアから姿を現したのは、スーツを着た背の高いロマンスグレーの紳士。

私の父である新行内家の現当主、新行内源嗣だ。その背後に、社長が控えている。

「最後まで大人しくしているつもりでしたが、うちの大事な娘に手を出されては黙っていられなくてね。話の途中だが、出て来てしまいました。ああ、申し遅れましたが私、ここにいる涼歩の父で、新行内源嗣と申します」

スマートに胸ポケットから革のケースを取り出し、いまだ固まっている常務に名刺を差し出した。

震える手でそれを受け取った常務の顔は、もはや青を通り越して白くなっている。

「新行内……源嗣……様……？」

「はは。ご存じですか？ 新行内という名でいくつか会社を経営しています。では、そちらのお嬢さんにも」

お嬢さん、と言われた春奈さんは、いまいち状況を呑み込めていないらしく、父の顔を見たまま怪訝(けげん)そうな顔をしていた。しかし、父から名刺を受け取り、ようやく状況を理解したらしい。その証拠に彼女の顔からもみるみる血の気が引いていった。

「え、え？ シンギョウチって……あの新行内……？」

「それで、お嬢さん。さっき興味深いことを言ってましたね、娘を会社から排除するとか、親を社会的に抹殺(まっさつ)するだとかなんとか。その親というのは、私のことかな？ 本気で言ってるのであれば、さて、どうやって抹殺するのかな？」

にこにこしながら春奈さんに迫る父は、娘の私だから分かる——顔は笑っているけど、これ、本気で怒っている。

そんな父に恐れをなしてか、これまでの勢いをすっかりなくした彼女は、今や猛獣に怯える小動物のようになっていた。

「い、言ってません……ご、ごめんなさい……嘘です……」

「そう？　だったらいいけど。今後あのような、自ら家格を落とすような言動は慎みなさい。大森社長にもよく言っておく」

「……っ……」

春奈さんが悔しそうに唇を噛む。

彼女にそう言い放った後、父はいまだ固まる常務に視線を移した。

「あなたにも立場があるのでしょうが、突き飛ばしたのはやりすぎでしたね。あなたの今後については、社長の畔上さんに判断してもらいます」

「もっ、申し訳ありませんでした……!!」

「謝るのは私にではない。娘にだ」

姿勢を正して九十度腰を曲げる常務に、父は素っ気なく言い放つ。そう言われてすぐに常務が私に頭を下げてきた。

「申し訳ありませんでしたっ!!」

「え、あ、はい。私は、大丈夫です……」

頭を下げ続ける常務に恐縮していると、ずっと場を見守っていた畔上社長が常務に近づく。

「畔上さん、すまないね。この方のことはあなたに任せる」

「承知しました。では、常務。いろいろとお話を伺いましょうか」

「……はい……」

青ざめる常務と春奈さんを連れ、社長は応接室を出ていった。

そして部屋の中に、私と父と秋川主任の三人が残る。私が何も言葉を発せずにいると、呆然と状況を見守っていた主任に父が歩み寄り、名刺を渡した。

「君には、今まで娘が世話になったようだ。今回のことは災難だったが、オオモリが何かしてくることはもうないだろう」

そう言って父が笑う。だけど、主任は名刺にじっと視線を落としたまま、動かなかった。

――これでもう、お別れか……

私が何も言えずに肩を落としていると、ずっと名刺を見ていた主任が顔を上げた。

「新行内家……しかも、現当主の……」

ずっと黙っていたことを申し訳なく思い、主任に向かって頭を下げた。

「ごめんなさい、ずっと黙ってて……じ、事情があって言えなかったんです……騙すつもりは……」

「すごいな、涼歩」

「……え？」

思わず主任を見ると、パッと花が開いたような笑顔を向けられた。

「あの大森さんを言い負かした涼歩、滅茶苦茶格好良くて惚れ直した」

「……!! しゅ、主任……」

――私が新行内家の人間だと知っても、そんな風に言ってくれるの？

不安から一気に喜びが胸に広がり、思わず主任の胸に飛び込みそうになる。がしかし、そんな私と主任の間に父が立ち塞(ふさ)がった。

「秋川君、と言ったね？ 娘には、この会社で働く時、新行内の一人娘であることがバレた時点で会社を辞めるように言ってある。会社を辞め、実家に戻り私の選んだ男性と結婚し新行内を継ぐ。それが私の反対を押し切って外に出た娘との約束だ」

父が涼しい顔でそう言い放った瞬間、主任の顔色が変わる。

「待ってください。涼歩さんの素性に関して、私は一切口外しません。ですのでこれまで通り、この会社に勤務し続けるわけには……」

「残念ながら、私はここに来る際、受付で素性を明かし、かなり注目を浴びている。たとえ君が口外せずとも、遅かれ早かれ知られるだろう。それに新行内なんて名字、そうあるものじゃない。みんな口に出さないだけで、うすうす涼歩の素性に気がついているのではないか？ なあ、涼歩？」

主任の話を切って、父が私に視線を送る。

「……そ、それは……」

確かに父の言う通りかもしれない。そう思うと反論の言葉は出なかった。

「しかし、涼歩さんはやっと研修を終え、正社員として部署に配属され本格的に働き始めたところです。ようやく仕事にも慣れ、これからという時期に辞めてしまうのは勿体ないのではないでしょうか。ここまでに彼女が費やした努力が無駄になってしまいます」

「主任……」

私の代わりに主任が必死で父を説得してくれる。でも、父の考えは変わることがなかった。

「いくら慣れたとはいえ、新入社員の涼歩はたいした戦力でもない。逆に今辞めた方が会社としての負担も少なくて済むだろう。それに、涼歩はここで学んだことをふまえ、我が社でもう一度勉強をし直せばいいだけだ。それで何も問題あるまい」

「ですが……」

「もうこの話は終わりだ。涼歩、帰るぞ」

こんなにも私を引き止めようとしてくれる主任に、嬉しさと同時に、申し訳なさが込み上げる。

私は分かっている。どんなに主任が有能でも、父には敵わない。

――バカだな私。こうなることが分かった上で、ここに乗り込んだんじゃない……

先に歩き出した父を気にしながら、主任に一礼する。

「こ……これまで本当にありがとうございました。教えていただいたことは、私の宝です。このご恩は一生忘れません」

「涼歩、待ってくれ。本当にこのまま会社を辞めるつもりか」

主任が私の両肩を掴み、強い眼差しで訴える。

「……はい。それが、父との約束でしたので」

「だがあれは、俺を助けようとしてくれたからだろ⁉」

「でも、約束は約束です。それを承知で、話し合いに割って入ったのは私です。なにより、私が約束を守らないと、今度は父が何を言い出すか分かりません……もし、主任に怒りの矛先が向かったら、私ではもうどうすることもできないから」

ここで、私の肩を掴む主任の手にグッと力が籠もった。

「俺とのことも、なかったことにするのか」

その言葉にビクッとする。

なかったことになんかしたくない。主任と過ごした日々は、私にとって本当に宝物だった。

だけど、それを手放すことを決めたのも、私自身なのだ。

私は廊下で待つ父の姿を視界の端に捉えながら、声を絞り出した。

「はい。なかった……ことに……してください……」

「涼歩!!」

これまでにないくらい強い声で、主任が私の名を叫ぶ。

——苦しい。大好きなのに、別れなければいけないことが、こんなに苦しいなんて。

「……秋川主任」

なんとか喉の奥から声を絞り出し、主任を見上げる。私に名前を呼ばれた主任は、真剣な表情で私の言葉を待っている。

「こ……これまでのこと、本当に……ありがとうございました……私、あなたに恋をして、本当に幸せでした……」

笑顔でお礼を言いたいのに、涙が止まらない。私が涙を零す度に、主任の顔が苦しげに歪(ゆが)む。

「俺は、なかったことになんかさせない。絶対に」

その言葉に、胸がドキンと高鳴る。だけど、廊下から「涼歩、早く来なさい」と父が私を呼ぶ声が聞こえ、慌てて主任を突き飛ばした。

「……ごめんなさいっ……！　さようなら」

「涼歩!!」

振り返らず応接室を出て、私を待っていた父の元へ行く。父は、私が言いつけを守り主任に別れを告げたことに満足しているようで、表情は穏やかだった。

「いい決断だ。さ、帰るぞ」

「……はい……」

父の後に続いて役員フロアを出た私達は、エレベーターで一階まで移動しエントランスに向かう。人はまばらだが、父の姿を見た社員達はみんな一様に足を止め、父に視線を注(そそ)いでいる。受付にいる女性社員二人は、立ち上がって頭を下げて見送ってくれた。

外に出ると、父が普段通勤に使用している車の隣に、もう一台黒い車が停まっていた。そのドアの横には秀一郎が立っている。

何故彼がここにいるのだろう、とぼんやりながら疑問に思った。

「……秀一郎、なんでここにいるの」

後部座席のドアを開けてくれた秀一郎に、力なく尋ねる。

「長くなりますので、車の中でお話しします。お乗りください」

私が車に乗り込んだ後、秀一郎が助手席に乗ると、車が静かに走り出す。

秀一郎は、ここに来るまでの経緯を話してくれた。

「どうやら、こちらの社長である畔上様と旦那様は、ずっと連絡を取り合っていたようですね。畔上様から涼歩様が動いたと連絡が入ってすぐ、旦那様は本日の予定を全て変更して、こちらへ向かわれたのですよ……いやはや、驚きました」

「……でも、結果的にお父様が来てくれて助かったの。でなかったら私、ただ春奈さんの怒りの火に油を注いだだけで終わるところだった……」

しんみりと呟くと、数秒の間の後、ぽつりと秀一郎が口を開く。

「涼歩様が来られる少し前、エントランスから出てくる大森様をお見かけしました。そのお顔は、私の知る自信に溢れたものではなく、何かに怯えたようにオドオドしたものでした。ということは、あの方の、秋川様を引き抜き婿にするという目論見は失敗した、ということですね？」

「うん……」

「……これは、お伺いしていいものかどうか悩むところですが、その……涼歩様と秋川様の交際に関しては……」

その質問に対して、ただでさえ痛んでいた胸が、強くズキッと痛み出す。

「……それも、終わった……」

「……左様ですか。涼歩様、よく頑張りましたね」

優しい言葉をかけられた瞬間、ここまで我慢していたものが一気に緩む。その結果、抑え込んでいた涙がぶわっと溢(あふ)れ出した。

――本当に……終わっちゃった……

自分で決めたことなのに、秋川主任を思い出すと涙が止まらなかった。

困っているとどこからかスッと現れて、さり気なく私を助けてくれて、なんでもないことみたいに去って行く、そんなスマートな格好良さにドキドキした。

笑うと目尻が下がる優しい眼差しも、二人きりになると途端に甘くなる声も、見舞ってくれた時に見せた照れた顔も、私を抱き上げてくれたあの力強い腕も。

そして、初めての夜――私を情熱的に愛してくれたことも。

彼の全部が大好きだった。

正体を明かして会社からも彼の前からも去ると決めたのは自分自身だ。それなのに、思った通りの結果を迎えた今、胸がこんなに苦しくなるなんて思わなかった。

泣いていたって何も変わらない。だけど涙が止まらない。私は、静かに泣き続けた。

いつもだったら、私の変化にすぐ気づく秀一郎は、何故か今日に限って、家に着くまで一言も話しかけてこなかった。

＊　＊　＊

涼歩が会社に来なくなってから、数日経過した。

涼歩が実父である新行内源嗣氏と共に社を去った後、社内はちょっとした騒ぎになった。

なんせ相手は知らない者がいないという名家、新行内家。国内はおろか海外にも数多くの企業を有し、その資産は小さい国の国家予算レベルという噂すらある大資産家だ。先代の当主は経団連の会長を歴任するほど著名な経営者だったが、現当主はその先代よりも商才に優れ、一代で更に多くの資産を築いたと言われるほどの傑物だ。

新行内という名字からして何かしら関係はあると思っていたが、まさか現当主の一人娘とは思わなかった。

彼女の正体を知った瞬間、実は心臓が止まりそうなくらい驚いた。

涼歩に別れを告げられ、呆然と立ち尽くしているところに畔上社長が戻って来て、慈愛に満ちた表情で肩を叩かれた。

『大変だったな。よく我慢した。源嗣さんも言っていたように、今後大森春奈さんが君や我が社に何か言ってくることはないだろう……』

『あの、社長……それよりも涼……いえ、新行内さんはどうなるんですか。本当に会社を辞めることになるんでしょうか？』

俺の問いかけに、社長は眉根を寄せ、難しそうな顔をする。

『私は、このまま勤務してもらっても問題ないと思うんだがねえ……しかし、源嗣さんが断言しているものを覆すのは、そう簡単じゃない。ある意味、大森さんよりも厄介だぞ』

源嗣さん、と名前で呼んでいるところからして、社長は新行内のご当主のことをよく知っているのかもしれない。

『社長は、新行内のご当主と親しいのですか？』

すると社長が、『ん？』と目尻を下げる。

『実は高校の同級生なんだ。かといって、ずっと仲が良いというわけではなかったんだが。ここ数年、お互いに経営者の立場で顔を合わせることがよくあってね。しかし、ああなった源嗣さんは、頑なだからな。元同級生のよしみで頼んでも、彼の考えを変えるのは不可能だ。相談に乗るくらいならいくらでもするがね……』

申し訳なさそうにする社長にお礼を言って、部署に戻った。すると今度は、周囲からの質問攻めにあう。挙げ句の果てには涼歩の身の上に関する噂が、あっという間に会社中に広まってしまった。

彼女を取り戻す方法がないまま数日経ち、部署に涼歩の代理人という男性が現れた。そして、彼女の代わりに退職届を提出し、デスクに残っていた私物を片付けていった。

そうして、完全にこの会社から涼歩のいた痕跡がなくなり、頭が真っ白になる。

——本当にこれで、終わりなのか……？

いつも通りに業務を遂行したくても、気がつくと涼歩のことばかり考えている。らしくないと思いつつ、ため息が増える一方だ。

昼食後に部署に戻ると、畑野さんともう一人、涼歩の同期の釜屋という女性に声をかけられた。話があるというので、自動販売機のある休憩コーナーに移動する。

「新行内さん、秋川主任のことを助ける代わりに、ここを辞めて実家に戻ることになったんでしょう？　なんかそれ……すごくやるせないです。本当にもう、どうにもならないんですか？」

声を潜めた畑野さんが、悔しそうな視線を送ってくる。

「俺だってそう思うよ。だから今、彼女のために何ができるか必死に考えてる」

コーヒーの缶を握りしめてため息をつくと、今度は釜屋さんが口を開く。

「新行内さん、入社したての頃、毎日すごく楽しそうで……これは私の想像ですけど、きっと初めて、新行内という私達には想像もできないような大きなものから解放されて、毎日楽しくて仕方がなかったんだろうなあって。……だから余計に、彼女が会社を辞めたって聞いた時は、本当にショックで……」

「いろんなことに早く慣れようとして、いつも必死だったわよね……そんな姿が可愛らしくて、つい温かく見守りたくなっちゃうような子だったわ……家に戻ったってことは、彼女はこれからずっと、新行内の一人娘として自由のないまま生きていくのかしら……そんなの私、すごく悲しいんですけど」

釜屋さんに続き、今度は畑野さんが声のトーンを落とす。

「分かってる。だが……あのお父上は強敵だ。そう簡単に突破できる壁じゃない。それに……ようやく戻って来た娘を、もう一度、外に出すとも思えない」

大森春奈やうちの常務を一言で蹴散らしたほどの人物に、なんの力も持たない自分がどうしたら太刀打ちできるのか。悔しいが、今の俺にはまったくと言っていいほど打開案が浮かばない。

「……主任、新行内さんに直接連絡はしたんですか？」

畑野さんに尋ねられ、首を左右に振った。

「スマホが解約されていた。住んでいたマンションにも行ってみたが、そこもすでに引っ越した後だった」

それを聞いた畑野さんも釜屋さんも、口を開けたまま固まった。

「嘘……もう!?　早すぎない……」

畑野さんが漏らした呟きに激しく同意する。俺もここまで早いと思わなかった。

「あーあ……新行内さん、今頃何してるのかなあ……また一緒にランチしたかったな……」

釜屋さんが残念そうに頭を垂れる。

そんな彼女に、またできると言ってやりたい。だが、今はそんな言葉を軽々しく言える状況ではないということを、俺が一番よく知っていた。

しかし、転機は突然やって来た。

その翌日。俺の元にとある人物が訪ねて来た。

『新行内様がいらしてます』

「っ！　すぐ行きます」

もしや涼歩が来たのかと、慌てて受付からの内線を切り、一階まで飛んでいく。しかし俺を待っていたのは涼歩ではなく、背の高いスーツを着た若い男性だった。

「秋川です、新行内様……でいらっしゃいますか？」

「お忙しいところ、お呼びだてしてしまい申し訳ありません。私、こういう者です」

男性が差し出した名刺には【新行内　啓矢】とある。新行内が経営する会社の役員を務めているようだ。

「突然押しかけてしまい申し訳ない。少しお話ししたいことがあるのですが、今お時間よろしいですか？」

「え、ええ。ではこちらに……」

きっと何かある。そう思った俺は、彼をエントランス脇にある応接セットに案内する。

新行内啓矢氏は、エントランス内をぐるりと見回し、なるほど、と声を漏らす。

「ここが涼歩の勤務していた会社ですか……なかなか若い方が多く活気がありそうですね」

「ありがとうございます。それで、新行内家の方が何故私に……」

啓矢氏は改まって私に向き直ると、少しだけ声を潜めた。

「私は涼歩の従兄弟に当たります。私達はそれぞれ一人っ子でして、涼歩とは従兄弟というより兄妹みたいに育ちました。そんな妹のように大切な存在である涼歩が、生まれて初めて両親に逆らい家を出ると言い出した時は驚きましたし、彼女の両親と一緒に反対しました。今、こういう結果になっているのも、最初から予想できていたことで、あまり驚きはしなかった」

静かに語り続ける啓矢氏の話に、黙ったまま聞き入った。

「でもね、自分で決断して戻って来たとはいえ、ああも落ち込んでいる涼歩を見るのは、はっきりいって私も辛い。なんとかしてやりたいと思って、こうしてあなたの元に足を運んだわけです」

「新行内さん」

「しかし、私にとっても伯父は脅威だ。下手に動くと私まで行動を制限されかねない。というわけで、あなたにこれを差し上げましょう」

啓矢氏は胸のポケットから名刺大のカードを取り出し、それをテーブルの上に置いた。

「これは……」

「今、涼歩は携帯電話を持っていない。そこで、彼女に一番近い存在である、執事の轟木秀一郎という者の電話番号をお教えします。涼歩の様子が知りたければ、ここに電話をかけるといい」

その名前には聞き覚えがあった。涼歩が「おじ」と言っていた人のことだと思い出す。

——秀一郎って、執事だったのか……!!

執事というものに馴染みがないせいか、まるでおとぎ話や映画の中の存在のような気がする。

そりゃあ、執事なら世話を焼いてもおかしくない。それが仕事なのだから。

なるほど、そういうことだったのか、と納得していると、啓矢氏がもう一枚、テーブルに紙を載せた。

「それと、もう一つ。これは、今涼歩がいる本家の住所です」

息を呑んだ俺は、目の前の啓矢氏を凝視する。そんな俺をしばらく見ていた彼は、おもむろに腰を上げた。

「それでは、私はこれで失礼するよ。これをどう使うかは、あなたの判断にお任せします」

俺は立ち上がり、啓矢氏に深々と頭を下げる。

「ここまでしていただき、ありがとうございます。……恩に着ます」

「……涼歩にはいつも世話を焼きすぎるって、うっとうしがられているのでね。たまには、いいところを見せないと、愛想を尽かされそうだから」

にこっと微笑んだ啓矢氏は、エントランスの前に控えていた黒塗りの高級車に乗り、帰っていった。

彼が置いていった電話番号と住所を見つめ、今すぐにでも電話をかけたい衝動に駆られる。だが、今すべきことはそれではないと、頭の中で冷静な自分がストップをかけた。

彼女の様子を聞いたところで、自分の元に戻って来るわけではない。むしろ、電話をすれば彼女への思いを募(つの)らせるだけだ。まして、押しかけて愛を囁(ささや)くなど論外で、今会いに行っても追い返されるのがオチだろう。

ならば、今自分が取るべき行動は一つしかなかった。

――よし。決めた。

心を決めた俺は、啓矢氏からもらったカードを胸ポケットに大切にしまい、部署に向かって歩き出したのだった。

八

父との約束の結果、私は実家に戻ることになった。

数ヶ月の間、一人暮らしをしていた自分だけのお城は、実家に戻った翌日に父が手配した業者に、あっという間に片付けられ、契約を解除された。そして荷物だけが、実家に送り届けられたのだ。

「事情はどうあれ、お前があの会社で騒ぎを起こしたことに変わりはない。しばらくは、家で大人しく反省していなさい」

そう言って父は、私からスマホを取り上げ外部と連絡を取ることを禁じ、私を家から出さないよう監視体制を厳しくした。

「そんなことしなくたって、逃げたりなんかしないわ！」

私がそう反論しても、父はまったく聞く耳を持ってくれなかった。泣く泣くスマホを父に渡した私は、がっくりと肩を落とす。

――お世話になった方に、ちゃんとご挨拶(あいさつ)もできなかった……

釜屋さんに畑野さん、江渕さんや部長……みんな、突然いなくなった私のことをどう思っているだろうか。

入社して半年で辞めるなんて、根性なしだと思われているのではないか。そう考えたら、ますます申し訳なくて凹んだ。

会社に提出する退職届も私が書いた後、代理人として父の秘書が持っていった。せめてこれだけは自分の手で出しに行きたいと懇願したが、それすら叶わなかった。

家を出て必死に生活していた数ヶ月が、まるで幻だったみたいに思え、しばらく私は抜け殻のように過ごしていた。

——あの楽しい思い出は、全て過去のもの。

今となっては、それを思い出すだけで辛い。まして主任との思い出はもっとずっと辛かった。

しかし、落ち込んで落ち込んで、どん底まで落ちて数日経過すると、不思議なもので少しずつ気持ちが麻痺してくるらしい。

どんなに辛くても、これが自分の運命ならば、受け入れるしかないのだ、と。

だったら、せめて主任と過ごしたあの日々を忘れず、ここで生きていかねばならない。

——それに、落ち込んで引き籠もっているなんて知ったら、主任を心配させちゃう。

あの日。私のために父に立ち向かってくれた主任の思いを、無駄にしてはいけない。

そう気持ちを切り替えた私は、部屋に籠もるのを止めた。

実家に戻って数日後の朝。私が部屋から出てリビングに行くと、ちょうど食事中だった両親は、私の顔を見てホッとしたように「おはよう」と言った。

「……おはようございます」

自分の席に着いて食事を始めると、早速父が私に話しかけてきた。

「涼歩。正式に再就職する前に、私の秘書として働いてみるのはどうかな？」

「……お父様の秘書ですか？　でも、お父様にはすでに、何人も有能な秘書がいらっしゃいますけど……」


朝食のスクランブルエッグを食べながら、父を窺う。

「もちろん正式な秘書ではないよ。まあ、言うなれば付き人のようなものだ。やるのであれば外に出るのを許可してやるし、監視も減らそう。どうだ？」

食事する手を止め、テーブルの上で手を組む父は、にこにこしながら私の返事を待っている。そんな父を見て、今度は母が不安そうな顔で私を見てきた。

「涼歩。気が進まないなら、このまま家にいていいのよ？　何か気が紛れるような習い事でもして過ごすのもいいんじゃないかしら。ああ、そうだわ！　最近お母さん、プリザーブドフラワーのアレンジメントをお勉強しているの。よかったら涼歩もどう？」

母の律子は資産家の生まれで、私以上に根っからのお嬢様気質の持ち主だ。言動だけで見ると、はっきり言って私よりも気持ちが若い。

母からの提案はありがたいけど、今はあまりそういった方面に興味が湧かない。

「ううん……今は習い事よりも、お仕事をしていた方が気が紛れると思うの……お父様、お言葉に甘えさせてください」

「分かった。では明日から、朝一緒に出勤しなさい。いいね」

「はい……」

食事に戻った父を見て、私もまたスクランブルエッグを口に運ぶ。

うちのお抱えシェフが作るモーニングは、昔から変わらずとても美味しい。でも、主任の部屋で食べたあのモーニングは、今でもやっぱり、格別に感じた。

――美味しかったな、あのパンも、スクランブルエッグも……

もうあれを食べる機会は二度とない。そう思うと、また気持ちが沈んできてしまう。

――私のバカ。今はそんなことを思い出している場合じゃないのに……!!

際限なく落ち込みそうになる自分を叱咤して、私は食事を進めるのだった。


食事を終えて部屋に戻ると、秀一郎が部屋に顔を出した。

「涼歩様、今少しよろしいですか」

私が普段部屋の中で過ごす時は、大抵部屋の中央にどんと置かれた三人掛けのゆったりしたソファーに座っていることが多い。今もそこに腰を下ろし、読みかけの本を読もうと手に取ったところだった。

私は一旦その本をテーブルに戻し、座ったまま秀一郎を見上げる。

「なあに？　お父様から明日のことで、何か連絡事項でも？」

「そうではありません。秋川様のことです」

もう会えない思い人の名前を出されて、心臓がドキッとした。

「な、なんで……」

「涼歩様があまりにも苦しそうな顔ばかりされるからです。ですので、どうしても会いたいというのであれば、旦那様の目を盗み私が秋川様と会う算段をつけます。いかがいたしますか」

まさか秀一郎がそんなことを言い出すとは思ってもおらず、目をパチパチさせる。

「秀一郎、どうしちゃったの？　あなたがそんなことを言い出すなんて」

「……さあ、涼歩様と長く一緒に生活しておりましたので、考え方が涼歩様寄りになっているのかもしれませんね。で、どういたしますか」

「どういたしますかって……」

そりゃ、会いたい。会いたいけど……

私は秀一郎から視線を外し、ふるふると首を横に振った。

「……いい。気持ちだけもらっておく」

「本当に、よろしいのですか？」

念押しされ、心が揺らぐ。でも、今父との約束を破って主任と会っても、余計に思いが募って身動きできなくなりそう。それに、もし父がこのことを知ったら、今度こそ主任に父の怒りの矛先が向きそうで怖い。

そう考えたら、安易に会いたいなんて言うことはできなかった。

「うん……ありがとう、秀一郎」

私がそう言うと、秀一郎は寂しげに頷き、分かりました、と部屋を出ていった。

——これでいいんだよね。これで……

はあー、と深いため息をつき、再び本を手にしてソファーの背に凭（もた）れた。

今読んでいるのは、ずっと気になっていた物語の続き。だけど、どんなに集中しようとしても頭に浮かぶのは主任の顔ばかりで、全然話が頭に入ってこなかった。


翌日から、私は父の秘書兼付き人として働くことになった。

秘書と言っても、父には有能な秘書が何人もいるため、私は簡単なスケジュール管理やお使い、お礼状の作成などの雑用が主な仕事だ。

しかし父くらい顔が広いと、その雑用でさえかなりの量で、これだけでも充分、重労働だった。

父のいる部屋のすぐ隣で、黙々と雑用をこなす一日を数日送る。それにより、これまで知らなかった父の姿を、垣間見ることになった。

声を荒らげるとか、叱責（しっせき）するということを一切しない父だが、会いに来る人はみんな父を恐れてか、社長室に入る直前まで表情がぎこちない。そして話を終え部屋から出ると、一気に脱力して去って行く。その姿を見かける度に、私は毎回心の中で首を傾げる。

——そんなに、お父様は怖いのかしら……？

疑問に思っていることを、ちょうど父が第一秘書と外出している時に、第二秘書の男性に聞いてみた。第二秘書を務めているのは、三十代後半の男性だ。

「別に社長が怖い存在というわけではないのですが、皆様、社長を前にすると緊張されるみたいです。簡単に言えば、ビビるのだそうです。社長が無意識のうちに発しているオーラのようなものに、圧倒されているんじゃないでしょうか」

──オーラ……そうなの？　娘からするとよく分からないけど……

「……それは、秘書の皆さんもそうなんでしょうか？」

「私達は毎日お側におりますので、いくらか慣れましたけどね。それでも秘書課に配属になった当初は、緊張の連続でした。口を利くのも恐れ多い感じで」

「口を利くのも……じゃあ、父にもの申すなんてことは……」

私が何気なく聞いた瞬間、秘書さんは顔を強張らせて、勢いよく首を横に振った。

「とんでもない!!　そんなことができる者など、ここにはおりませんよ」

「……そう……」

秘書さんの剣幕に驚き、私は口を開けたまま固まった。

だって私は、父に圧倒されることなく、ものを申した人を知っているから。

──秋川主任って、やっぱりすごいんだな……

あんなに好きになれる男性とは、きっともう巡り会えない。それが分かるから、彼と会えない現実が、とても辛かった。

終業時間になると、父は用事がない限り、私と一緒に本邸に戻ることが多かった。だからこの日も、私は終業後一緒に帰るのだと思い、父が出て来るのを待っていたのだが……社長室から出て来た父は、何故かひどく不機嫌だった。

「涼歩。悪いが今日は一人で帰ってくれ。用ができた」

「はい、分かりました」

ムッとしているところを見ると、急に会議でも入ったのだろうか。

仕事ならば私も残ろうと思ったのだが、父に「お前はいい」と言われてしまい、一人で帰ることになった。

——なんだろ？　まあ、いいか。

父の秘書に挨拶をして、この日は一人で帰宅した。ところがこの日以降、父は毎日、急用があると言ってどこかに出かけていく。そうした日々が約二週間ほど続いた。

スケジュールを確認してみるが、急用の内容についてはまったく記されていない。そうなると、さすがに誰と、何をしに行っているのか気になってくる。

そこで秀一郎にそれとなく尋ねてみることにした。

「ねえ。最近お父様は毎晩のように出かけているみたいだけど、秀一郎、どこで何をしているのか聞いてる？」

母との夕食後、部屋に戻った私にミルクティーを持ってきてくれた秀一郎に、思い切って尋ねる。

すると、何故か秀一郎が一瞬ピクッと眉を動かした。

その様子、なんか怪しい。これは、絶対何か知ってる……

「いいえ、私は何も聞いておりません」

その言い方も何か隠しているように聞こえる。

「本当に？　私に何か隠してない？」

「隠してなどおりませんよ。旦那様はもとよりお忙しい方ですし、急用など日常茶飯事ですよ」

「……それは、そうだけど……」

「私は何も知りませんので！　では、失礼いたします」

「え、ちょ……秀一郎!?」

いつもならもっとべらべら喋ってから出ていくのに、今日の秀一郎はいやに口数が少ない。しかも、慌ただしく逃げるみたいに部屋を出ていってしまった。

——余計、怪しいんだけど……

でも、強引に聞き出そうとしても、こういう時の秀一郎は絶対に口を割らないということを、私は経験で知っている。

結局、聞き出すのを諦めて、様子を見ることにした。

それから数日後の朝。

一緒に朝食を取っていた父から珍しい提案があった。

「涼歩、もうすぐ二十三歳の誕生日だろう？　いつもは家でお祝いをしていたが、今年は趣向を変えて、うちのホテルのレストランでやろうか」

「……それは構いませんけど。でも、珍しいですね。いつも誕生日は、家で家族と共にお祝いするって言ってるのに……」

といっても、家でただケーキを食べて終わりではない。

父がお世話になっているお寿司屋さんやフレンチレストランのスタッフを家に呼び、親しい親族を集めて賑やかにお祝いをするのが、これまでの我が家の誕生日の祝い方なのだ。

──それなのに急にホテルでなんて、どうしたのだろう？

私が腑に落ちない顔をしていると、すかさず父が口を開いた。

「たまには違うやり方でもいいかと思ってな。……プレゼントも用意してあるから、楽しみにしておきなさい」

プレゼント、のところだけちょっとトーンが変わったのが気になるけど、もらえる方としては嬉しいことに変わりない。

「ありがとうございます、お父様。楽しみにしてます」

話を終えて食事に戻ったところで、ふと思う。

──もしかして、このところずっと夜、留守だったのはこれのため……？

「いや、そんなわけないか……」

何週間にもわたってプレゼントを選ぶとか、父に限ってあり得ない。

プレゼントは、いつも父の独断と偏見で私の好みなど完全無視の品物が、誕生日当日に我が家に届くのだが、今回もきっとそうなのだろう。

それでも、家族に誕生日を祝ってもらえるのは、単純に嬉しいし、ありがたい。

だからかもしれないが、この時の私はいつもよりちょっとだけ浮かれていて、父が何を企んでいるかなんて、まったく気がつかずにいたのだった。

今年の誕生日当日は土曜日で、私は朝から何を着ていこうかとソワソワしていた。

でも、悩んだ末に、家族と親族しか来ないのだから、と普段仕事で着るような服に着替えたら、何故か秀一郎にダメ出しされた。

「涼歩様……今日はお仕事ではないんですよ？　もっと華やかなお洋服がいくらでもあるでしょう」

「でも、集まるのは身内だけでしょ？　別にそこまで着飾らなくとも」

「いいえ。今日は涼歩様が主役なんですから、それ相応の格好がよろしいかと」

「……そう？　じゃあ……」

服にうるさい齢七十歳の執事に困惑しながら、私は普段あまり着る機会のなかったワンピースを選んだ。

その服のブランドは、秋川主任に贈ったネクタイと同じブランドで、タグを見た瞬間少しだけ切ない気持ちが押し寄せてきた。

——もう、せっかくの誕生日なんだから、しんみりするな、私。

気持ちを切り替え、着替えとヘアメイクを終える。そうして、私達、家族三人は車でホテルに向かったのだった。

そこは新行内家が経営し、各界の要人やＶＩＰが利用することも多い高級ホテル。私達の車が裏口の前に到着すると、到着を待っていた支配人が出迎えてくれた。

父は支配人と二、三言葉を交わした後、私と母を連れてホテルに併設された食事処に移動する。

父が予約したのは創作和食のお店で、その中でもプライベートを重視した個室を予約してくれたのだそうだ。

しかし、通された個室は入っても五～六人が精々。もっと広い部屋を想像していた私は、思わず「え？」と声を出してしまった。

「お父様？　本当にここですか？　この広さでは少し狭くないですか？　これでは、全員入らないと思いますけど……」

いつもなら私達家族の他に、啓矢の家族だったり、母方のいとこ達もやって来る。とてもじゃないけど、この個室では狭すぎるのではないか。

すると、私の前に立っていた父が、いきなり私を振り返ってきた。

「涼歩」

「……はい？」

「今日は、私達以外の親族は呼んでいない」

「……え？　そうなんですか？」

他のみんなは都合が悪かったのだろうか。と、ぼんやり考えていると、父が眉間を指で押さえ、フー、と息を吐いた。

「私もね、散々悩んだんだ。新行内家を私の代で終わらせるわけにはいかない。だからお前を、私がこの目でしっかりと選び抜いた、最高の男に託す。ずっと、そう思ってきた。いや、今でもそう思っている。だから、ああいう行動に出たことは後悔していない」

個室の入口で立ったまま、父がブツブツと独り言のように語り出す。

「……お父様？　どうなさったんですか……」

明らかに様子のおかしい父を見て心配になる。思わず隣にいる母を見ると、何故か苦笑いをしていた。

――何？　何がどうなって……

私が混乱していると、また父が口を開く。

「だがしかし。家に戻って来てからの、塞ぎ込むお前の姿を見るのは、思っていた以上に応えた。これが娘を持つ男親の定めなのかと、悩みに悩んだ結果、私は一つの結論を出した」

「結論……？」

ますますわけが分からない。

私が眉根を寄せ、父の次の言葉を待っていると、業を煮やした母が口を開いた。

「あなた。お話はもういいから。早く次に行ってちょうだい！」

母に言われてムッとした父だが、すぐに諦めた様子で分かったよ、と頷いた。

「涼歩。二十三歳の誕生日おめでとう。これが私からのプレゼントだ。おい、花束を」

父が私達の背後に向かって声を上げた。店のスタッフに向けて言ったのかと思い、何気なく振り返ると、顔が隠れるほどの大きな花束を持った男性が個室に入って来た。

その男性はきちんとしたスーツを身に纏い、かなり背が高い。首から下だけしか見えないが、何故か懐かしい気持ちになってしまう。それくらい、あの人に似ていた。

そう思った瞬間、ドキンと鼓動が跳ね、無意識に息を呑んでその男性を見つめる。

——嘘。そんなはずない。だけど……

男性が持っていた花束をずらしたことで現れたのは、正真正銘、秋川主任その人だった。

「えっ……なんで⁉」

もしかしたらそうかもしれないと思った。

——でも、まさか本当に主任だなんて……！

まるで、リアルな夢でも見ているような気がした。だけどこれは夢じゃない。私の目の前には間違いなく主任本人が立っている。

「嘘……じゃない、本当に主任がいる……な、なんで⁉　どうして……⁉」

あまりの出来事に、上手く口が回らない。震える手を胸元で握りしめたまま、私は言葉を失った。

「涼歩。誕生日おめでとう」

私に歩み寄り、花束を差し出すのは紛れもなく秋川主任だ。しかも、首には私のプレゼントしたネクタイが締められていて、胸の中にじわじわと喜びが広がる。

「主任……どうして……こんなことあるはずないのに」

おずおずと差し出された花束を受け取った私は、それでもまだ状況を呑み込めないでいた。

あんなに怒っていた父が、まるで私と虹さんの間を取り持つようなことをするはずがない。

となると、これは一体どういうことなのか。

考えれば考えるほど、この状況が分からなくて、私の混乱は深まるばかり。

そんな私を見ていた母が、耐えかねたように口を開く。

「うふふ。秋川さんね、このところずっとお父さんのところに通って、涼歩が家の外でこれまで通りの生活が送れるよう、説得してくださっていたのよ」

母が言った内容をすぐに理解できず、私は目を見開き母を見つめる。

「せ……説得!?　主任が!?」

「いや。正確には、俺が思っていることを一方的に聞いてもらっていただけなので。説得など、とんでもないです」

母の言葉に、主任が申し訳なさそうに苦笑した。

「……直接会うまでに一週間。話を聞き始めてまた一週間。秋川君は諦めることなく、毎日のように私の元へ通って来てな」

「主任が……？」

ほとんど毎日父と行動を共にしていたのに、まったく気がつかなかった。だけど……そういえば、毎晩のように父がどこかへ行っていた、と思い出す。

「このところ、毎晩のように出かけていらっしゃったのは、主任と会うためだったんですか……？」

私が尋ねると、父は「そうだ」とあっさり頷いた。

「毎日しつこくオフィスに押しかけて来るから、仕方なく会うことにしたんだ。……だが彼から、外でお前がどんな風に仕事をしていたかを聞くうちに、少し考えが変わってきてな」

「お、お父様……？」

「事実を述べれば、お前の穴を埋める人材ならいくらでもいる。だが、『新行内涼歩』という人間は一人だけだ。お前と数ヶ月一緒に働いた仲間は、今でもお前と一緒に仕事がしたいと、戻って来るのを待っているそうだ。それを秋川君から聞いているうちに、なんというか……ここまで涼歩が培ってきた人との繋がりを、親が勝手に断つべきではないという気がしてきたんだ」

——主任の行動が、父の気持ちを変えた……

父の話を聞きながら、私はゴクンと喉を鳴らす。

「元の職場に戻ってもいいし、このまま私の秘書として働いてもいい。お前が好きな方を選びなさい。それと、秋川君だが……」

私と、名前を呼ばれた主任がハッとして父を見る。何を言われるのか、ドキドキしながら次の言葉を待った。

「正直に言えば、まだ完全に二人の仲を許したわけではない。しかし、娘のためにこの二週間、私の元に通い続けた根性はたいしたものだと思う。どれだけ涼歩を思っているか、君の気持ちもよく伝わってきた。その結果、この男にならば娘を託してもいい、そう思えたから、今日彼に来てもらったんだ。おそらく彼以上に、お前が喜ぶプレゼントはないだろうからね……」

「お父様!!」

私は込み上げる感情を抑えることができず、花束ごと父の胸に飛び込んだ。

「ありがとうございます!!　これ以上ない最高のプレゼントですっ……!!」

「……そうか。まあ、父親としてはいろいろ複雑ではあるが……お前が幸せそうに笑ってくれるなら、もうそれでいいさ」

なんだかんだで、私も娘に甘いな。と複雑な独り言が頭の上から聞こえてきた。それに思わず笑ってしまった私は、父から離れ秋川主任に歩み寄る。

「元気だったか？」

「は、はい……」

主任と顔を見合わせ、自然と微笑み合う。

あんなに会いたいと思っていた人が目の前にいる。嬉しくて今、私のテンションは少々おかしなことになっているかもしれない。

なんといって声をかけたらいいか分からず、もじもじしていると、またしても業を煮やしたのは母だった。

「あなた。私達はお邪魔のようですから、行きましょうか。じゃあね、涼歩。頑張りなさい」

母は微笑みながら、ちょっとだけ顔を引き攣らせる父の腕に自分の腕を絡ませ、強引に連れて行こうとする。

「……涼歩、門限は夜の九時だからな。それまでには帰るように。秋川君、いいね？」

「はい。必ず門限までに送り届けます」

主任の力強い返事を聞き、言いたいことを言った父は母に連れられこの場所から去って行った。

後に残ったのは、私と秋川主任。そして、さっきまで姿が見えなかった、秀一郎の三人だけ。

「あの、主任。さっき父が言っていたことは本当ですか……？　毎日父に会いに来てたって……」

私が尋ねると、主任は照れくさそうに微笑み、ああ。と頷いた。

その、これまで私が見てきたいつもの主任の顔に、私までほっとした。

「お父上に隠れて涼歩と連絡を取っても構わない、と言ってくれた人もいた。だけど、俺は陰でこそこそするのは性に合わなくてね。どうせなら、正々堂々と正面から新行内源嗣氏にぶつかっていこうと決めた……最初の一週間は門前払いで、会ってもらうこともできなかったが、こうしてまた、涼歩に会えてよかったよ」

今でこそ笑って話しているけど、きっと大変だったはずだ。

大森春奈さんとの件だって、彼はどんなに彼女から結婚を迫られようと、『自分には心に決めた人がいる』と断固として意思を曲げなかった。なのに私は、主任に相談もせず、一方的に関係を終わらせようとしてしまった。そのことが、すごく後ろめたかった。

なのに主任は、そんな私のためにここまでのことをしてくれていたなんて。

毎日父の元へ通う主任の姿を想像したら、自然と目が潤んできて泣いてしまいそうだった。

神妙な気持ちで話を聞いていると、主任がチラッと秀一郎を見る。

「あと、秀一郎さんがお父上に進言してくださったらしい。俺も、後から知ったんだが。本当に、ありがとうございました。あなたが助けてくださらなかったら、今頃はまだ源嗣氏の元に辿り着けていなかったと思います」

主任が深々と頭を下げると、秀一郎がそれを手で制した。

「いえ、全ては涼歩様のためにしたことですから。あんな風に悲しむ涼歩様の姿など、私はもう見たくありません。こんなことは、これきりにしていただきたい」

ため息まじりにそう言った秀一郎が、改まって私達を見る。

「今日は、涼歩様の誕生日のお祝いですから、どうぞお二人で食事をお楽しみください」

「秀一郎……いいの？　本当に？」

「もちろんですよ、お祝いですからね。その代わり、門限は厳守ですよ。いいですね？」

ビシッと指を立てて念を押す秀一郎に、何度も頷く。

「分かった。ありがとう、秀一郎」

「秀一郎さん、ありがとうございます」

私達が続けざまにお礼を言うと、秀一郎は優しく微笑みながら出ていった。

二人きりになった私と秋川主任は、どちらからともなくお互いの顔を見る。目が合った瞬間、主任がにこりと微笑んでくれた。

「久しぶり」

「お久しぶりです……っ、それより主任、私……主任に相談もなく勝手に別れようとして、本当に申し訳ありませんでしたっ……!!」

「え？　いきなり謝罪？」

主任は、私がいきなり謝りだしたことに困惑しているようだった。

「だって……理由はどうあれ、主任の気持ちを無視するようなことをしてしまって……本当にごめんなさい」

俯（うつむ）いていると主任が歩み寄り、私の頭にぽん、と優しく手をのせた。

「なんとも思ってないよ。それに、あの場ではああするしか方法がなかった。あそこで君が父上に反発していたら、おそらく今日、君に会うことなどできなかったはずだ。謝る必要なんかないんだよ」

私は主任の言葉を噛みしめながら、恐る恐る顔を上げる。そこには、これまで見てきたものと同じ主任の笑顔があった。

「会いたかったよ、涼歩」

「主任……私も、ずっと会いたかったです……」

目尻に浮かんでいた涙を指で拭いながら、私も笑顔になる。主任はそんな私の頭をまた撫でてくれた。

会えて嬉しい。今の私の頭にはそれしかなかった。でも、主任が今思っていることは、私とはちょっと違っていたようだった。

「涼歩」

いつになく真剣な表情の主任に、ドキッとする。

「は、い……」

「俺の両親はごく普通の会社員だ。特にこれといった歴史のある家系でもない。はっきり言ってしまえば、新行内家とはまったく釣り合わない一般家庭だと思う」

分かっていたことだけど、主任の口からはっきりと「釣り合わない」という言葉が出ると、心が痛む。

――父はああ言ってくれたけど、一緒にいるのは無理なのかな……

私が落ち込みかけた時、主任の口から「だけど」という言葉が発せられた。

「涼歩を想う気持ちだけは、どんな名家の御曹司にだって負けない自信がある。涼歩が俺のことを助けてくれたように、俺もこれから先、涼歩のことを守りたいと思っている。だから涼歩。俺との将来を真剣に考えてくれないか」

「へ……ほえっ⁉」

想像していたことと正反対のことを言われて、驚きで変な声が出た。

「もちろん君はまだ若いし、今すぐに、というわけじゃない。それに、俺と結婚するとなると君の生活は激変する。君が今住んでいるような大きな家に住むことや、秀一郎さんのような執事を付けることはできない。その代わり、俺が精一杯君に尽くす。だから……」

「はい。結婚します」

思い詰めたような表情の主任に即答した。すると、虚(きょ)を衝(つ)かれた主任の動きが止まった。

「……え？　涼歩、今……」

「はい、って言いました。私、主に……いえ。秋川虹さんと結婚したいです。一緒にいられるのなら、これまでのような生活ができなくなったって構いません」

主任の綺麗なアーモンド型の目が見開かれる。

「嬉しいけど本当にいいのか？　後悔したり……」

「後悔なんかしません。だって私、別れた日から、あなたのことを考えない日はなかったんですもの。それに大きい家や執事がいなくても、虹……さんが側にいてくれるなら、私はそれだけで、誰よりも幸せなんです」

「……本当に？」

「はい。だから私をお嫁さんにしてください。末永く、どうぞよろしくお願いいたします」

私が深々と頭を下げると、ずっと黙っていた主任も頭を下げた。

「こちらこそ……末永くどうぞよろしく」

体勢を戻すと、お互いに顔を合わせて笑い合った。

「……参ったな」

「虹さん？」

「いや、ずっと会えなかったせいか、涼歩のリアクションがいちいち可愛すぎて、なんかもう……たまらん」

「えっ……」

口元を手で押さえ、ぼそっと呟く主任の言葉と、あまり見ない照れ顔にあてられて、私まで顔が熱くなってくる。

「じゃあ、ちょっとだけ」

周囲を見回し、人がいないことを確認した主任が、そっと私を抱き締めた。

「あっ……」

戸惑いながら彼を見上げると、少しだけ口元を緩ませた主任の顔が近づき、キスをされた。強めに押しつけられた唇の感触を味わっていると、深くなる前に唇が離れていった。

「だめだ、これ以上やると……止まらなくなる」

顔を赤らめながら私から視線を逸らす主任に、同意しかなかった。

「とりあえず、食事にしようか……」

「そ、そうですね……」

お互いに顔を赤らめながら席に着き、食事を始めた。でも、私達は分かっていた。

今は料理よりも、早く触れ合いたい。

そのせいもあり、ものすごく美味しい料理を目の前にしつつ、あまり味が分からないまま淡々と食事を終えた。

そして主任に手を引かれ店を出ると、ホテルを出てすぐ主任の運転する車で彼のマンションに向かう。

車の中での会話はほぼない。でも、一緒にいられるだけで幸せで、会話がないことを不自然だとは思わなかった。

玄関のドアを開けて中に入るとすぐに、主任が私を抱き締めてきた。

「しゅ……」

驚く間もなく顔を手でホールドされると、主任の綺麗な顔が近づき唇を塞がれた。

柔らかい感触にうっとりしていると、すぐに肉厚な舌が割り入ってきて、私の舌に絡められる。

「んっ……、しゅ……っ……」

以前はこういうことに慣れていない私に合わせて、ゆっくりと、少しずつキスを深くしてくれていた。だけど今日は、まったく余裕がない感じがする。

それだけ、私を求めてくれているのだと思ったら、なんだかたまらなく彼が愛おしくなった。

「涼歩」

名前を呼ぶ甘い声にキュンとお腹の奥が疼き、じわりとショーツが濡れていく。それに気づき反射的に太股を擦り合わせると、いきなり体がフワリと浮いた。

「っ!?」

思わず目を開くと、主任が私をお姫様のように抱き上げ、そのままベッドに運ばれる。いともたやすく私をベッドまで運び、主任が性急に着ていたジャケットを脱ぎネクタイを外した。ベッドに横になったまま、私はそんな彼の仕草にいちいちときめいてしまう。

——ああ、やっぱり主任かっこいい……

そんなことを思っていると主任が私の上に乗り、両手をベッドに縫い付けた。

「……門限、遅れないようにしないとな」

「はい……」

にこ、と微笑むと、主任はまた私の唇に自分のそれを押し付ける。何度か唇を食むと、彼の唇は首筋に移動し、少し強めに吸い上げられた。

「あっ……」

吸われた場所に、ちくっ、と痛みが走る。

それすらも心地よく感じながら、彼の唇の動きに意識を集中させた。その間に、背中に回った彼の手が、ワンピースのファスナーを一気に下げ、素早く脱がされる。気づくと私はベッドの上でブラジャーとショーツのみの姿にされていた。しかしそれらも、あっという間に取り去られてしまう。

――は、早いっ……

照れる間もなく主任の唇が、露わになった乳房に移動する。

片方の乳房を手のひらで捏ね回しつつ、もう片方は舌で乳首を丹念に舐められる。ざりっとした舌が先端に触れる度に、鋭い快感が走り体が震えた。

「は、あっ……ん……」

いやらしい声が自然と口から漏れ出る中、乳房を揉んでいた主任の手が、私の股間へ伸びる。太くて長い指が繁みを撫で、指を上下に動かす。指が何度も蕾を掠め、ビクッと腰が揺れた。

「あっ、や……!!」

「……ここ、もう大きくなってる。じゃあ、こっちは……?」

蕾を探し当てた指が、滑るように膣へ移動し、そのまま蜜壷の中へ。長い指がくちゅ、と音を立てながら、私の気持ちよくなる場所を探って動く。

「は、あんっ……だめ、そこッ……」

主任の手を太股で挟み、快感のあまり体をくねらす。それでも主任は手を止めることなく、膣壁を擦りながら指を出したり、挿入したりを繰り返した。

「ああ、すごい。もうこんなになって」

彼の指が動く度に、ぐちゅぐちゅと水量が増した卑猥な音が聞こえてくる。私は恥ずかしさのあまり、思わず顔を両手で覆った。

「やッ……も、もう……はずかしいですっ……」

たまらずにそう訴えても、彼の手は一向に止まる気配がない。

「どうして、可愛いよ。俺の手でもっと乱れてほしいくらい」

「そんな……乱れるなんて、できな……ああっ！」

いきなり蕾を指でぐりっと押し潰され、強すぎる刺激に腰が跳ねる。

「もっと気持ちよくしてあげる」

主任が体をずらし、股間に顔を近づける。その体勢には覚えがあると、慌てて止めようとしたが、間に合わなかった。

彼は私の蜜口に口をつけ、蜜を吸うようにジュルジュルと音を立て始めた。

「や、ああっ……ん!!　だめ、それっ……!!」

彼の頭を両手で押さえながら、快感と羞恥でどうにかなってしまいそうだった。

彼はそこから動こうとせず、蜜を吸うのをやめると、今度は蕾を舌で丁寧に嬲り始めた。

「やっ、そこだめっ……っ、なんか、きちゃうッ……あっ――」

その強い刺激で一気に快感が高まった結果、頭が真っ白になり、先にイッてしまった。

「イッちゃったか」

「あ……、はあっ……」

ベッドにくたっと横たわりながら、はあはあと肩で息をする。

——すごく気持ちよかった……もう、わけが分からなくなるくらい……

今さっきまで与えられていた快感の余韻で、ぼんやりしていると、私の足下で主任が手早く服を脱いでいるのが目に入った。シャツを脱いだ途端、露(あら)わになる美しい裸体に、絶頂を迎えたばかりだというのに、私の胸がどうしようもなくときめく。

それだけでなく、これから彼と繋がれることを期待して、きゅんとお腹が疼(うず)いた。

早く挿(い)れてほしい。早くあなたと一つになりたい。

それだけを願った。

「……挿(い)れるよ？　いい？」

「はい……」

彼はどこからか避妊具を取り出し屹立(きつりつ)に被せ、それを私の蜜口に宛てがった。

今日の主任は以前の時のような、余裕な感じはまったくない。呼吸を乱し、目はどこかうつろなまま、やや性急に私の中に押し入ってくる。

「んッ……！」

まだ慣れない挿入に身を縮こまらせていると、すぐに主任が私に覆(おお)い被さった。

「……っ、キツ……」

「ご、ごめんなさいっ……」

苦しそうな顔をしている主任を見て咄嗟に謝ったら、苦笑いされた。

「謝らなくていい……涼歩こそ、大丈夫か？」

「はい」

「じゃあ、動いて、いい？」

声に出さず小さく頷くと、主任がゆっくりと腰を動かし始める。

「ふっ……」

私の反応を見ながら、ナカを慣らすように奥まで入れて、抜けるくらい浅いところまで引く、という動きを繰り返される。そのうちに蜜を纏わせた屹立は動きが滑らかになり、徐々に抽送の速度が増していった。

速度が増したことで、ナカからの快感に追い立てられ、私のわずかばかりの余裕は、あっという間になくなっていった。

「あっ……んッ……しゅ、に……っ」

シーツを掴んで、突き上げられる度に悶えていると、ぐっと眉を寄せる主任が視界に入った。

「……っ、あのさ、俺、いつまで主任……っ？　いい加減、名前で呼んで……」

ぼんやりする頭で初めて彼のフルネームを見た時を思い出す。パッと頭の中に綺麗な虹が浮かんだ。それが彼の名前だ。

「……虹、さんっ……、好き……」

名前を呼んだら彼が微笑み、私を抱き締めた。

「うん、俺も好き。大好きだ」

耳元で囁かれ、嬉しくて彼の体を抱き締め返す。心なしか私の中にいる彼が大きくなったような気がしたけど、それには何も反応できず、ただ彼から与えられる快感に身を任せ続けた。

突き上げる感覚がだんだん狭まり、私の中の快感が高まり始めた時。いきなりぐいっと上体を抱き起こされ、繋がったまま虹さんと向かい合う形になる。

「涼歩……」

すぐ近くにある、虹さんの顔は汗に濡れ、どこか恍惚とした表情をしている。自分しか知らない彼の表情に、きゅんきゅんときめいた。

私の方から唇を近づけると、それに気づいた彼が唇を押し付けてくる。軽くちゅ、ちゅと音を立てて唇を吸い合った後、唇の隙間から舌を差し込まれ、ねっとりと絡められる。

くちゅ、くちゅという唾液が絡まり合う音に、興奮してまた蜜が溢れた。

「ふっ……あ、ぁ……っ」

唇が離れそうになると、すぐに追いかけてキスをせがむ。それを繰り返し、私達は長い間キスをし続けた。

何度目かのキスを終えた虹さんは、再び私をベッドに寝かせると、私の腰を掴んで深く突き上げてくる。

「あんっ……!!」

奥を突かれ、自然と口から嬌声が漏れる。すぐさま彼は、深く挿入したまま腰を回し、グリグリと気持ちのいい場所を探るような動きをしてきた。すると思いがけない場所に彼のものが当たって、気持ち良さに私の腰が勝手に動いてしまう。

「あっ、あっ……それ、ダメ、ですっ……！」

「……そう？　ここ、気持ちいい……？」

ある一箇所をグッと突き上げられ、自然に「あっ」と声が出てしまう。その途端、虹さんが表情を変えた。

「ふうん……ここ、いいんだ？」

そう呟いたかと思ったら、グリグリと執拗に私が感じる場所を攻めてくる。

「あっ……!!　や、だめぇ……っ、そこ……」

「遠慮しないで、気持ちよくなって」

虹さんは何度も突き上げながら、私の乳房を激しく揉んでくる。時折乳首をキュッと摘まれれば、更に快感が増し、もうわけが分からなくなりそうだった。

「虹さんっ……やあ、もう……っ」

「またイきそう？　じゃあ……俺も」

そろそろ、と言いながら虹さんがぐっと腰を入れる。そして、抽送の速度を速めて、私を激しく追い立てていく。

さっき一度達しているのに、また頭がぼんやりとし始め絶頂の足音が聞こえてくる。一歩、また一歩と快感が高まる中、私だけでなく虹さんの表情も苦しげなものになる。

「は、あっ……」

眉根を寄せ、息を乱す虹さんが色っぽくて、こんな状況なのにときめいてしまう。

――苦しそうな虹さんの顔も、綺麗……

そんな風に思ってしまう私は、どうしようもないくらい彼に夢中なのだと思った。

「あっ、あっ、ダメ、もうっ……ああっ――!!」

声を絞り出すと、彼の抽送はいっそう速くなる。それに伴い、私も絶頂がすぐそこまで近づいていると悟り、ぎゅっと目を瞑った。

「……んっ、は……あぁッ――」

――イクッ……!!

私が絶頂を迎えて間もなく、彼も「うっ……!」と短く呻き、私の中で爆ぜた。

「は……っ、あ……」

ガクガクと痙攣して、虹さんが私の横に倒れ込んだ。彼は荒くなった呼吸を整えると、隣で脱力している私の方を向いた。

「……ヤバかった。めちゃくちゃ気持ちよかった」

「わ、私も、です……」

虹さんは微笑むと、私の髪をくしゃっと一撫でした。それから一度起き上がり避妊具の処理をし、キッチンの冷蔵庫から何かを取り出して戻って来た。その手には水の入ったペットボトルが握られている。

「飲む？」

「ありがとうございます、いただきます」

ゆっくりと体を起こし、虹さんから受け取った水で喉を潤す。喘ぎっぱなしでカラカラだった喉が水分を得たことで生き返った気がする。

口を手で拭ってから、ペットボトルを虹さんに手渡すと、それを受け取った彼がまた、顔を近づける。軽く触れるだけのキスをした後、私の頭にふと、さっきの虹さんと秀一郎のやり取りが浮かんできた。

「あの、虹さん。さっき秀一郎と連絡を取っていたようなこと言ってましたけど……いつの間に？」

よくよく考えたら、虹さんと秀一郎は私のマンションで顔を合わせただけで、互いの連絡先などは知らないはず。

なのにどうして？　と首を傾げていたら、布団の中に入ってきた虹さんが事情を説明してくれた。

「涼歩の従兄弟の啓矢さんが俺に会いに来てくれてね。秀一郎さんの連絡先と涼歩の居場所を教えてくれたんだ」

「啓矢が⁉」

まさか彼まで動いてくれていたなんて。

「そう。でも、いきなり秀一郎さんに連絡して涼歩のところへ行っても、源嗣氏の許しを得られるわけではない。だからまずは追い払われるのを覚悟で源嗣氏の元へ通うことにしたんだ」

彼は笑っているけど、仕事もあるのに毎日父の元へ通うのはすごく大変だっただろう。申し訳ない気持ちでいっぱいになる。

「最初の一週間はまったく会ってもらえなくて、落ち込みそうになる自分を鼓舞するために、秀一郎さんに電話をかけた。涼歩の様子を聞くと同時に、こちらの現状も尋ねられてね。彼が源嗣氏に俺と会うことを勧めてくれたらしい。そのお陰でようやく会ってもらえることになったんだ」

「そうですか……でも、父を説得するの大変だったのでは」

私が不安げに彼を見ると、苦笑いされた。

「う～ん、まあ……最初はね。でも、会社での涼歩がどんな仕事をしていたかを話すと、ちゃんと耳を傾けてくれた。その辺から風向きが変わったのかもしれないな」

「そうですか……本当に、なんとお礼を言ったらいいのか……でも、退職届出しちゃいましたし、もう会社に戻ることなんてできないのでは……」

お世話になった人に挨拶もできないまま退職届を出したことは、いまだに悔やんでいた。できることなら戻りたい。でもそれが叶わないなら、せめてきちんと皆さんに会ってご挨拶したい……

「いや涼歩の退職届はまだ受理されてないから」

俯きかけたその時、虹さんから出た一言に思わず顔を上げた。

「……えっ!?　今、なんて……!?」

「部長が止めておいてくれてね。それに社長も、涼歩に戻って来てほしい、と言っていた。そもそも源嗣氏と向き合って話がしたいなら正面切って行くしかないとアドバイスをくれたのは社長だ。

二人の協力にも、本当に心から感謝してる」

まさかそんなことになっていたなんて思ってもいなかった私は、空を見つめぼーっとした。

――会社に戻れる……！　またあの会社で働けるんだ……!!

「ありがとうございます、私、またあの会社で働けるんですね。すごく嬉しい……!!」

「喜んでもらえてよかった。それに、涼歩が嬉しそうにしているのを見るのは、俺も嬉しい」

おでことおでこをこつん、とくっつけ、至近距離で見つめられる。

「涼歩……疲れた？」

「まだ少し息が上がっちゃってますけど……大丈夫です」

「そう？」

安心したような顔で微笑んだと思ったら、またベッドに押し倒されてしまった。

「きゃっ!?　あの、虹さんっ……」

「まだ門限までは時間があるし、もう一回しようか」

「時間……」

時計を確認すると、確かに門限まではまだ時間の余裕があった。

それにあんな風ににっこり微笑まれてしまったら、こっちの頬も緩んでしまい……

「……じゃあ、もう一回」

なんだかんだで、私も彼からまだ離れたくない。

だから彼の背中に手を回して、ぎゅうっと力一杯しがみつく。虹さんは「ははっ」と爽やかに笑って、私を抱き締め返してくれた。

「ずっと一緒にいような、涼歩」

「……はい、虹さん……」

一緒にいよう、という言葉がじんわりと胸に沁みて、涙が出そうになった。

新行内のことも大事だけど、それ以上にあなたが大事だから、もう何があっても離れない。

この決意だけは揺らがない、それだけは、はっきりと分かっていた。

結局この日、もう一度抱き合った私達が家に戻ったのは、門限の十分前。

心配して外まで出て来ていた秀一郎は、戻って来た私達を見てホッと表情を緩めつつ、呆れたようなため息をつくのだった。

最終章

いろいろあったものの、結局私は、元の会社に戻ることになった。そうして今日、久しぶりに出社した。

覚悟はしていたけど、周囲の私を見る目がこれまでと全然違う。顔見知りの方は出社して来たことを喜んでくれたけど、中には明らかに私を遠巻きに見てこそこそ噂話をする人や、近くを歩いているといると大げさに避けられたりもした。

だけど、それを仕方がないと笑って流せるくらいには、気にならなくなっている自分に、ちょっとだけ驚いた。

営業部の皆さんは私が出社すると、これまでと変わらぬ態度で優しく迎えてくれた。

そして、誰より一番態度が変わらなかったのは、意外にも江渕さんだった。と同時に、私が素性を明かさなかったことに一番怒ったのも彼女かもしれない。

「新行内本家の娘だって、なんで言わなかったのよ！　あなたの口から聞いてれば、ふーんって感じで済んだのに。いい、こういうのはね、人から聞いた方が腹が立つのよ！」

「ご、ごめんなさい……」

デスクの上に買ってきた幕の内弁当を広げながら、江渕さんと畑野さんとランチをしていると、江渕さんが私に対する怒りをぶちまけ始めた。

それに私が平謝りしていると、すかさず畑野さんが間に入ってくれる。

「まあまあ。江渕もずっと新行内さんのこと心配してたのよね。なんて言ったって、新行内さんのお陰で秋川主任はオオモリの社長令嬢と結婚せずに済んだんだし。ほら、ちゃんと思ってること言わないと、いつまでたっても伝わらないわよ」

またリスみたいに頬をパンパンにしている江渕さんは、ちらっと私を見るとぺこっと頭を下げた。

「……主任を助けてくれてありがとう。あなたがこの会社にいてくれて本当によかった」

まさか彼女から、こんな風に言ってもらえるなんて。

思いがけずかけられた言葉に、ジーンと胸が熱くなった。

「いえ、とんでもないです……私こそありがとうございます、嬉しいです……」

「……あなただったら主任のこと譲ってあげてもいいって思ったのに、騒ぎを起こした責任を取って辞めるとか、何考えてんだって話よ。騒ぎを起こしたのはあっちで、あなたは騒ぎを収めた側なのにね。でも、こうして戻って来てくれてよかったわよ。新行内源嗣、見直したわ」

ふん、と鼻息を荒くしながらお弁当を食べる江渕さんに、私も畑野さんも思わず笑った。

彼女にかかっては、うちの父の威厳も形無しだ。

「それで、今後はどうすることになったの？　住んでたマンションは、引き払っちゃったんでしょ？」

畑野さんに尋ねられ、はい、と頷く。

「とりあえず、しばらくは実家から通うことになりました。実は、実家からの方が会社までは近いんです」

そこで、もぐもぐとご飯を食べていた江渕さんが「主任とはどうなったのよ」と、ズバリと切り込んでくる。

「そ、それはですね……ゆくゆくは一緒に住もう、という話になっておりまして……」

照れもあり、もごもご喋（しゃべ）っていると、そこに外回りから戻った虹さんが顔を出した。

「彼女のお母様が、結婚前に相手のことを知っておくのは必要だから、まずは同棲してみてはどうか、と提案してくれてね。今、二人で住む物件を探してるところなんだ」

「へー、なるほど。今時結婚前に同棲なんてよくある話ですもんね。でもよく向こうのお父様がそれを承諾しましたね」

「ああ見えて父は、母の言うことは真に受けるんですよね……」

普段楽天家の母は、ごくたまに非常にまっとうなことを言う。ごくたまにだからこそ、無視できないのだと、以前父が教えてくれたことがあった。

「でも、俺が選んだ物件、もう何度却下されたか分からない。双方が納得する物件を見つけるのは、一苦労だな」

虹さんは「ははは」と爽やかに笑っているが、こちらとしては忙しい中探してくれているのを知っている分、申し訳なくて仕方がなかった。

「すみません……うるさくって……」

「それぐらいなんてことないよ。親御さん達の気持ちも分かるしな」

私と虹さんの会話を黙って聞いていた畑野さんと江渕さんは、私達を見て、困ったように笑う。

「これこそが愛ね……」

そう言われて、私も虹さんもお互いの顔を見合わせてしまった。


将来的には結婚するという約束を交わした私と虹さんだが、それを実行するにはまだクリアにしないといけないことがある。

それは、新行内家の今後のことだ。

父は自分が認めた男性を私と結婚させ、将来新行内の当主となるべく育てるつもりだったが、私が虹さんと出会ってしまったことでその計画は実行不可能になってしまった。

しかし、その件に関して、ある日父がいきなりこんなことを言い出した。

「秋川君はなかなか有能な青年らしいな。そこでだ。彼に新行内を継ぐ気はないものかね？」

朝食を食べている時にいきなりこんなことを言い出すので、思わず飲んでいたお茶を噴き出しそうになった。

「おとっ、お父様!?　何をいきなり……」

「いや、畔上さんとこの前食事をして新行内家の将来を嘆いていたら、秋川君ならクレバーだし、何をやらせてもそつなくこなすから当主に向いているのでは？　と言われてね。確かに彼は有名大学出のインテリだし、営業部での成績もずば抜けている。ご実家はごく一般的な家庭らしいが、それ以外は何も問題ない。だったらそういう線もありかな、と考えが変わってな」

朝食を食べながら、父がつらつらと語る。

初めて聞かされる内容に驚き、私はちょっと待ってと父を止めた。

「そんなの、虹さんがなんて言うか……こんな大きな家を背負うのは嫌だって言われるかもしれないでしょ……」

むしろそんなことを言ったら、今度こそ無理だと言われてしまいそうで怖い。

考え込んでいると、それを父に笑い飛ばされた。

「ははは。まあ、あくまでもそれは冗談というか、誰も継ぐ者がいなかった場合の話だ。とりあえず涼歩の代わりに後を継いでもいいという者が一人いるのでな。当面はその者が当主候補の筆頭だ」

「……誰です？　それは……」

「一人しかおらんだろう。啓矢だよ」

「啓矢……え、それ本当ですか？　彼、承諾したんですか？」

思わず身を乗り出すと、父がこくんと頷く。

「お前に男ができたのを知った時点で、覚悟していたようだ。向こうから名乗り出たくらいだからな、すでに腹は決まってるはずだ」

「そうなんだ……」

と、聞いたら本人に聞かずにはおれない。私は仕事の帰りに、啓矢を会社に近い喫茶店に呼び出した。

ゆったりと座席が設けられている店内で、父が言ったことは本当か、と啓矢に尋ねると、彼はあっさりとそれを認めた。

「おう、言ったとも。可愛い従姉妹のためだ、それくらいなんてことない」

アイスコーヒーを飲みながら頷く啓矢は淡々としていた。

「でも……本当にいいの？　啓矢だって他にやりたいことがあったんじゃない？　後悔したりしない？」

「別にこれといってねえよ。それを伯父さんに言っただけで、何か特別な覚悟をしたわけじゃない」

「そっか……本当にありがとう……」

「いいってことよ。それより、お前の方こそ頑張れよ？　結婚したら、これまでみたいに誰かが助けてくれるわけじゃない。自分の力で、相手の男を支えなきゃいけないんだ。分かってるな？」

「うん、分かってる。まだまだ未熟だけど、頑張るよ」

本当に、つくづく私は周囲の人達に支えられて生きてきたのだなあと、改めて思い知った。

その人達の思いを無駄にしないためにも、私はもっと頑張らなければいけない。

そう決意を新たにするのだった。


それから数週間後。

同棲を始めるのに適した物件がようやく見つかり、私と虹さんは週末を利用して引っ越し作業に追われていた。

私達が新居に選んだのは、２ＬＤＫのマンション。父や秀一郎の勧めもあり、セキュリティが万全で新築の物件を選んだ。ちなみにタワーマンションでなく、低層のファミリー向け物件だ。

これを機に実家をかなり整理して荷物を減らしたお陰で、難なく全ての荷物をクローゼットに収めることができた。それを見ていた虹さんは、私がもっと大量の荷物を持ってくると思っていたらしく、意外だと驚いていた。

「まあ、そう思われても仕方ないんですけどね。でも私、一人暮らしを始める時に、結構荷物を処分していたので。それに、いかにもお嬢様っぽい服とかは、もう必要ないですし」

そのうち結婚して新行内の戸籍から抜けたら、私はお嬢様でもなんでもなくなる。だから今からそれに慣れなければならない。

手初めに、忙しい虹さんに代わって家のことはできるだけ私がする、と話し合いで決めた。しかし、そう決めた今でも、私が何かしようとする度に、虹さんがすっ飛んでくる。

はっきり言って、家事においてはまったくといっていいほど、彼に信頼されていない。

ついこの間も、虹さんのマンションで生まれて初めて肉じゃがを作ろうとしたら、包丁さばきが危なっかしいからと、結局全部、虹さんが作ったなんてこともあった。

『これまでほぼ料理はしたことないし、家事は洗濯と掃除がメインだったんだろ？　いきなり難しいことをやろうとするな。いい子だから、黙って見てなさい』

そう言われてしまうと、ほぼ事実な分、私は何も言い返せない。

確かに一人暮らしをしていた時も、ちょくちょく秀一郎が食べるものを持ってきてくれたこともあり、自分で作るのは本当に簡単なものばかり。

朝食は焼き海苔とご飯だったし……

虹さんの作る料理は手際はもちろん、味付けもバッチリ私好みで最高に美味しいのだ。

——外見が格好良くて、料理上手なスパダリ彼氏とこれからずっと一緒にいられるのか……

嬉しさでほっこりしてしまう。

そんな私に、虹さんが休憩しようと声をかけてきた。

「あ、虹さん。私アイスティー作ってきたんです。冷蔵庫に入れておいたので、もう冷えてると思いますよ」

「ありがとう。気が利くな」

「私が失敗することなく上手(うま)くできるのって、お茶を淹れることくらいですから……」

そう。お茶だけは、子供の頃から秀一郎に淹れ方を教わってきたので、ちゃんと美味(おい)しいと言ってもらえるものを淹れる自信があるのだ。

というか、これすらできなかったら、秀一郎にめちゃくちゃお小言を言われそうだ。

――ちゃんと教わってきたことは身になってるよ、秀一郎。

グラスにアイスティーを注(つ)いでいると、近づいてきた虹さんの腕が私の体に巻き付く。

「……やっと、二人でいられるな。ずっと」

耳元で聞こえるイケメンボイスにドキッとする。私は、アイスティーの入ったボトルをテーブルに置き、虹さんの方に向き直った。

「はい。嬉しいです……」

虹さんの体に腕を回して、ぎゅうっと抱き締める。それからどちらともなく視線を合わせた私達は、引き寄せられるようにキスをしようとしたら、いきなり部屋に響き渡ったインターホンの音に、揃ってビクッとする。

「……誰だ？　今日って、配送かなんかあったっけ？」

私から離れてインターホンのモニターを覗(のぞ)き込んだ虹さんは、画面を見た瞬間「うっ」と言って固まった。

「どうかしたんですか？」

虹さんの様子に眉をひそめながら、私も画面を覗き込む。そこに映し出されていたのは、秀一郎だった。

「えっ⁉　秀一郎⁉　ど、どうしたんだろう、急に」

慌てて画面越しに「何かあったの⁉」と、話しかけると、いきなり画面に彼が持ってきた風呂敷包みがどアップで映し出された。

『お取り込み中のところ恐縮ですが、引っ越し祝いを持って参りました』

それを聞いて、私と虹さんの二人はモニターを見たまま数秒言葉を失う。

「……引っ越し祝い……？　なんにも聞いてないんですけど……」

私が困惑していると、見かねた虹さんが秀一郎に「どうぞ」と声をかけ、オートロックの解錠ボタンを押した。

「まあ、いいじゃないか。祝ってもらえるのはありがたいことだよ。それにわざわざ持ってきてくださったんだし」

「そ、そうですね……でも、秀一郎ったら、一言言っておいてくれればいいのに」

ムッとする私を、まあまあと宥めながら、虹さんが部屋の中を片付ける。それから数分後、私達の部屋に秀一郎がやって来た。

虹さんと挨拶を交わした秀一郎は、興味深そうに部屋を見回しながらリビングに入って来た。

「ほうほう。内見会でも拝見いたしましたが、なかなかいいお部屋ですな。セキュリティもしっかりしているようですし、これならば涼歩様のお住まいとして問題ありません」

「秀一郎さんにそう言ってもらえると、安心しますね」

虹さんはほっとしているようだけど、そもそもこの物件は秀一郎や父が選んだようなものである。今日いきなり来たのだって、大方このマンションを直接見てチェックしたかったからだろう。

「それより秀一郎、引っ越し祝いってなあに？」

対面キッチンの前にあるダイニングテーブルに置かれた風呂敷包みを開くと、なんと鯛を丸々一尾使ったお造りと、お刺身の盛り合わせだった。しかもかなり大きい。はっきり言って私達だけでは食べ切れないほどの量だ。

呆然とそれを見つめながら、私はやっとのことで声を出した。

「しゅ、秀一郎……これ、大きすぎない？　いくらなんでも私達だけじゃ食べ切れないよ……」

すると秀一郎が、静かに「いいえ」と首を横に振った。

「実はこの後、涼歩様を驚かせようと旦那様と奥様のお二人、それと啓矢様もいらっしゃる予定です。もちろんこれだけでは食べ物も飲み物も足りませんので、ケータリングを手配してございます」

秀一郎がまるで当たり前のことのようにさらりと言い放った内容に、私と虹さんは口をパカーンと開けて固まった。

「そ……ええっ⁉　聞いてないよ‼　それにまだ片付けだって、全部終わってないのに！」

さすがにこれはない、と私が文句を言うと、秀一郎が涼しい顔で反論する。

「サプライズなのですから、聞いていないのは当たり前です。それに、人数が多い方が片付けも早く終わるでしょう？　旦那様も奥様も啓矢様も、涼歩様を手伝いたくて、うずうずしているのですよ」

「えっ。お父様が⁉　……じゃ、じゃあ、まあいいか……」

それを聞き、なんだ、手伝ってくれるのか、とホッとする。でも、すぐ隣にいた虹さんに、素早く「いや、よくないから」と困惑顔でツッコミを入れられた。

「人手はありがたいけど、君の父上に引っ越しの手伝いをさせるのは、いくらなんでも申し訳なさすぎる。涼歩、頼むから止めてくれ」

「え？　大丈夫ですよ！　それに言い出したら聞かない人なので、やめろと言っても聞きませんよ」

「マジか」

虹さんが顔に手を当て、はあ～とため息をつく。

――あ、虹さん困ってる……？　やっぱりやめさせた方がいいのかな。

不安になって彼を見つめる私に気づいた虹さんが、フッと表情を緩ませる。

「ごめんごめん。大丈夫だよ。しかし……新行内源嗣氏に引っ越しを手伝ってもらう機会なんて、まず間違いなく起こらないだろうしな……まあ、人生にこんなことがあってもいいか」

クスクス笑う虹さんに、私は「はい」と、頷いた。

そしてこの後。

新居にやって来た両親と、従兄弟（いとこ）の啓矢にてきぱきと指示を出す虹さんに、頼もしさを感じて顔が笑ってしまうのを止められなかった。

――この人なら、きっと新行内とも上手（うま）く付き合っていけそう。

家柄を気にせずとも、私と虹さんみたいな関係を築くことはできる。それを証明できただけでも、私達が出会ったことに価値はあるのだ、きっと。

そう思ったらなんだか楽しくなってきて、引っ越し作業がまったく苦にならなくなった。

そんな中、虹さんが、私が実家から持ってきたグラスを手に声をかけてくる。

「涼歩、ちょっといい？　これを置く場所なんだけど」

「はーい」

笑顔で返事をしながら、私は虹さんの元へ駆け寄ったのだった。

番外編

お嬢様を婚約者にしたら……こうなる

「なあ、秋川。新行内のお嬢様が婚約者って、どんな感じ？」

得意先を訪問後、同僚と立ち寄った蕎麦屋で昼食を取っていたら、こんな質問をされた。

どんな感じ、とざっくり言われても、すぐに上手い言葉が見つからない。

俺は蕎麦を食べようとしていた手を止め、考え込む。

「そう聞かれても、一緒に過ごしている時って、あんまり彼女を【お嬢様】だと思っていないから、難しいな……普通だよ」

だけどこの答えに、目の前で蕎麦を啜っていた同僚が、咀嚼しながら首を横に振った。

「んなわけないだろ。相手はあの、新行内家の一人娘なんだぜ？　そんな超お嬢様と同じ部署で働いてたなんて、いまだに信じられないってのにさあ」

「まあ、俺もそれを知った時は驚いたけどな。でも、本当に普通だよ。たまーに根っからのお嬢様なんだなって思うような言動をすることもあるけど、逆にそれが可愛かったりするし」

ホテルオオモリの一人娘、大森春奈さんとのゴタゴタがあった時に判明した涼歩の素性は、あっという間に社内に広まった。そのせいで彼女は、一度会社に退職届を提出したのだが、紆余曲折の末、涼歩は今もこの会社で働いている。

　ただ、俺と婚約したことにより、営業部から他の部署に異動になっていた。それは少々寂しくもあるのだが。

　そんなことを考えながら、ふと同僚に目をやると、眉間に深い皺が刻まれていた。

「うわ、ついに秋川が惚気始めた！　でもまあ、確かに新行内さん、可愛いもんな。なんていうか、今時珍しい純粋培養っつーかさ……。なかなかいないよな、ああいう感じの子って。お前、今、同棲してるんだろ？　家に帰ったらあの子がご飯作って待っててくれるなんて、最高だな？」

「……結婚して、奥さんも子供もいるヤツが何を言う。でも、まあ確かにありがたいよ。彼女も仕事してるのに家事やってくれて」

　話しながら、ここ最近の彼女のことを思い出す。

　同棲を始めるにあたり、いくつか役割分担をしようと提案したところ、真っ先に涼歩が家事を任せてほしいと言ってきた。

　でも共働きだし、涼歩一人に任せるのではなく、それぞれ手の空いている方がすればいいと提案しても、涼歩は折れなかった。

『だって、やっぱり旦那様のためにお食事を作ることは、妻の醍醐味だと思うんです。それに私、最近ようやくお料理とか、洗濯を楽しいって思えるようになってきたので、むしろやらせていただけるとありがたいです』

　キラキラと目を輝かせながらそんな風に言われてしまい、あっさりこちらが折れてしまった。

彼女は同棲を機に、ますますいろんなことにチャレンジしたいと張り切っているようだ。そのやる気に、水を差すことはしたくなかった。

しかし先週末の土曜。夕飯に、初めて作るビーフシチューにチャレンジし始めた涼歩だったが、途中、何か問題があったらしく、実家の料理長に連絡しリモートで作り方を教わっていた。

――つーか、料理長が普通にいる家っていうのが、もうすごいんだけど。

涼歩（と料理長）が頑張ったお陰で、できあがったビーフシチューは今まで食べたことがないくらいの、極上の美味しさだった。

それと忘れちゃいけないのは、旨い！　と言った時に嬉しそうに笑った涼歩の顔の可愛さ。アレは本当にこっちが蕩けてしまうくらいの威力があった。

思い出していたら知らぬ間に口元が緩んでいたらしく、同僚に指摘されてしまう。

「おい……顔、緩んでるぞ……何考えてた？」

「ああ、ごめん。彼女のことを考えてたらつい」

頬を手で押さえた俺は、手を止めていた蕎麦に再び箸を伸ばしたのだった。


少しだけ残業をしてマンションに戻ると、すでに仕事を終えて帰宅していた涼歩が、出迎えてくれた。

「虹さん、おかえりなさい」

いつも下ろしている長い髪をポニーテールにして、花柄のエプロンを身につけている涼歩は、どこからどう見ても新妻だ。デレるな、と言われても無理だ。デレる。

「ただいま。いい匂いがするね」

「はい、今日はスーパーでお野菜が安かったので、ミネストローネを作ってみたんです。メインはこれまたお買い得だったラム肉を焼いてみようかと」

「すごい、豪華」

寝室に行き鞄を置いて着替えを済ませ、再びリビングに戻ると、ダイニングテーブルにはすでに夕食のセッティングがされていた。

ランチョンマットの上に、ナイフとフォークがきちんと置かれている。それは自分の実家では見たことがない光景で、なんだか新鮮だった。

「虹さんは、ご飯とパン、どっちがお好みですか？　どっちもありますけど」

席に着くや否や、ミネストローネを持ってきてくれた涼歩に問われ、えっ、となる。

「俺はどちらかというとご飯派だけど……っていうか、両方あるの？」

「はい。ご飯はいつも炊いているんですけど、今日は明日の朝フレンチトーストにしようと思って買ってきたバゲットがあるので。じゃあご飯を持ってきますね」

パタパタとキッチンに戻って行く涼歩の背中を見ていると、まだ結婚していないのに、すでに新婚生活を送っているみたいな錯覚に陥りそうになる。

――やばいやばい。勘違いするな。まだ夫婦じゃないんだから……

「涼歩」

「はい？」

茶碗にご飯を盛って運んできた彼女に、何気なく尋ねる。

「最近、君のお父上から連絡はあった？」

「はい。相変わらず毎日連絡は来てますよ。何か困ったことはないか、嫌な目に遭ったりはしていないかって、そればっかり。一人暮らしの時より、うるさくなったような気がします」

涼歩の父である新行内源嗣氏は、俺達の仲を認め同棲することを許してくれた。しかし、娘である彼女への愛の重さは変わることはない。

「それだけ涼歩のことを大事に思ってるからだと思うけどな。最近は、ＧＰＳを持たせて常に行動を監視するようなこともしてないみたいだから、余計心配なんだろう」

「まあ、そうですね……でも、私の様子なんて、うちの社長に聞けば、すぐ分かっちゃいそうですけど」

ラム肉を焼きながら苦笑している涼歩は、復職後秘書課に異動となり、現在は畔上社長の第二秘書として働いている。

営業部で働いている時とはまったく違う業務だが、一時期父上の秘書見習いをしていたこともあり、すぐに仕事に慣れて充実した日々を送っているように見える。

涼歩は焼き上がったラム肉を白い皿に盛り付け、野菜を添えて俺の前に置いた。香ばしく焼かれたラム肉に黒っぽいソースがかかるそのビジュアルは、まるでプロみたいだ。

「美味（おい）しそうだな。いただきます。……君さえよければ、今度の週末、君のご実家に顔を見せに行くか？　お父上は君に会えて喜ぶだろうし、俺は秀一郎さんに用があるんで」

ちょうどいい焼き具合のラムを口に運ぶと、その柔らかさは格別だった。かかっているソースにはバルサミコを使っていて、甘みと酸味のバランスが絶妙な仕上がりになっている。

「うまっ……!!　すごく旨いよ。涼歩、こんなのどこで覚えてきたの？」

褒めたら、彼女が「えへへ」と嬉しそうに笑う。

「実はこれ、私の大好物なんです。だから家で出してもらった時、料理長から作り方を教わって、ひたすら特訓したんですよ。これまで披露する機会がなかったんですけど、ようやくできました」

そう言って彼女は、ナイフとフォークを手に取り肉を口に運ぶ。美味しい、と頬が落ちそうになっている顔がたまらなく可愛くて、料理も堪能したいけど彼女からも視線が外せなくて困った。

「これは……いよいよ俺も本格的にやられてきたな……」

頬杖をつき、ぼーっと涼歩を眺める。しばらくの間、視線に気づかずパクパクと料理を食べていた彼女は、俺の視線に気づいてピタッと手を止めた。

「虹さん？　どうかしましたか？　もうお腹いっぱい……？」

「うん。涼歩を見てたら、お腹がいっぱいになってきた」

そう呟いたら、涼歩が顔色を変えてナイフとフォークを置いた。

「えっ、わた、私……!?　私なんかでお腹いっぱいってどういうことでしょう……はっ、食べ方がお行儀悪かったでしょうか。作っている時、摘まみ食いしないようにずっと我慢していたので、お腹が空いてしまって……」

「違う違う。そういう意味じゃないって。美味しそうに食べてる姿が可愛くて、それだけで満たされる、ってこと」

慌ててフォローすると、彼女がホッとしたように胸に手を当てた。

「もう、それならそう言ってくれればいいのに……っていうか、そっちの方が恥ずかしいですね。私ったら焦っちゃってみっともないなあ、もう……」

恥ずかしそうに頬を染める涼歩。でも、その照れる姿がまたそそることを彼女は知らない。

俺は常々、涼歩は自分がどれだけ魅力的な女性か、まったく理解できていないと思っている。どこか天然で頼りなく見える時もあれば、びっくりするほど芯が強く、毅然とした態度を取る時もある。あの大森春奈に対峙した時の彼女など、普段の涼歩を忘れてしまいそうになるくらい、格好良くて見惚れた。

俺は、そんな彼女のギャップにやられた身だが、つくづく他の男に知られる前でよかったと思う。

しみじみと頷きつつ、俺は食事を再開した。しばらく、今日職場で起きたことなどを話しながら食事を進めていると、彼女が「あれ？」と声を上げた。

「そういえば……さっき秀一郎に用事があるって言ってませんでした？　それって……」

——そうだった。食事に夢中になるあまり、用事について言いそびれた。

「実は秀一郎さんから、最新のカーナビとスピーカーが欲しいと相談を受けてたんだよ」

「え。秀一郎ったら、いつの間にそんなこと頼んでたんですか!?」

「うーん、この前？　秀一郎さんが最近人気のケーキ屋でタルトを買ってきてくれた日があったろ？　涼歩がケーキを皿に移したりしている間に、そんな話になってね。最近、頼まれていた商品が入荷したから、持っていこうと思って」

　俺からすれば、いろいろ世話になった秀一郎さんから、頼まれ事をされるのは光栄なことだ。しかし、涼歩はそう思わなかったみたいで、急に体を縮こませてペコペコと頭を下げてくる。

「す、すみません。秀一郎がそんなお願いをしてたなんて……お休みの日にお仕事をさせるみたいで、なんだか申し訳ないです」

「いや、全然。秀一郎さんにはお世話になってるし、これぐらいなんてことないよ」

「そう言っていただけると助かります……秀一郎って、実は電化製品とか大好きなんですよね……スマホも結構早くから持ってましたし」

「思いっきり使いこなしてるもんな……」

　御年七十とは思えないくらい若々しい秀一郎さんは、スマホをしっかり使いこなすだけでなく、自分で車にナビを取り付けることもできるスーパー執事だ。

　彼は長年仕えてきた涼歩を心配するあまり、今も定期的に手土産持参でマンションにやって来る。その時は、必ずといっていいほど美味しい紅茶を淹れてくれるので、俺にとっても彼が来るのは楽しみの一つになっていた。

　食事と片付けを済ませると、ソファーに座りながらの寛ぎタイム。

　淹れたてのコーヒーを飲みながらテレビを観たり、スマホでニュースをチェックしたりしていると、隣に涼歩が座った。隣と言っても、間は随分空いている。三人掛けのソファーで、だいぶスペースがあるとはいえ、彼女が座っているのはソファーの端っこだ。

――そんな離れたところじゃなく、もっと近くに座ればいいのに。

「涼歩」

彼女を呼び、ちょいちょいと手招きをした。すると、涼歩はパッと顔を輝かせ、俺のすぐ隣にピタッと寄り添ってくる。

「最初っからそうすればいいのに」

俺が苦笑すると、涼歩が顔を赤らめながら「だって」と反論する。

「私、虹さんが隣にいると、すぐ触りたくなっちゃうから……これでも自制してるんです」

彼女がポロッと漏らした本音に、一瞬の後、頭がクラクラした。

――……っ!!

言葉だけを切り取れば、あざといと思われるかもしれない。でも、彼女にそういう駆け引きめいた意図がないのは分かり切っている。

ナチュラルにこういうことを言ってのけてしまうのが、ある意味彼女のすごいところだ。

「あのな……それ、俺も思ってることだから。俺だって、涼歩がすぐ隣にいたら、いつだって触りたいと思ってるよ」

「えっ、そうなの……？　じゃあ、遠慮なく触っちゃいます！」

涼歩は俺の腕に自分の腕を絡め、ピタッと体を密着させてくる。腕に押し付けられる彼女の柔らかな胸に意識が集中してしまい、もう平常心ではいられなくなった。

――あー……これは……もう、ダメだな。

「涼歩」

我慢も限界に達した俺は、涼歩の方へ体を向けると、そのまま彼女を強く抱き締めた。

「本当に君は……俺を悦ばせるのが上手すぎるだろ」

彼女の髪を梳きながら囁くと、腕の中の涼歩が「ふふっ」と声を出して笑った。

「私だけじゃないですよ。虹さんも私が言われたり、してもらったりしたら嬉しいことばっかりしてくれるから……大好き」

「うん、俺も……大好きだよ」

リビングの中に愛が溢れてどうにもならなくなって……

気持ちが高まった俺達は、どちらからともなく体を離すと、お互いの顔を見合わせ、そのまま唇を重ねた。

涼歩の柔らかい唇が控えめに俺の唇を食み、隙間から差し込んだ舌におずおずと自分の舌を絡ませてくる。

初めてした頃に比べたら、かなりキスが上手くなった。それも自分とのキスだけで上手くなったのだと思うと、なんだかくすぐったくて自然に顔が緩んでしまいそうになる。

長いキスを終えて唇を離すと、顔を真っ赤にした涼歩が、ポスッと俺の胸に顔を埋めてきた。

「ん？　どうした？」

様子を窺うと、顔を上げた彼女は今にも蒸気が噴き出しそうな赤い顔をしたまま、俺の目を見ないで言った。

「こんなこと言ったら、はしたないって思われるかもしれないんですけど……」

「思わないよ。何？」

一体どんなことを言おうとしているのか。正直、楽しみで仕方なかった。

「私、今、すっごく虹さんといちゃいちゃしたいです……!!」

両手で顔を押さえながら、一気に捲し立てた涼歩に、思わず笑みが込み上げてきた。

「あははは！　はしたなくなんかないよ。俺もしたいと思ってたし」

「ほ、本当ですか……!?　よかった、考えていることが一緒で……」

涼歩はホッとしたように頬を緩ませると、満面の笑みで再び俺の胸に飛び込んできた。

「ふふっ、私、虹さんの香り、大好きなんです。ずっと、このままでいられたら幸せなのにな……」

超お嬢様で天然で、純粋で可愛い涼歩。

そんなことは俺だって同じ気持ちだよ。

そこでふと、気になった。

――いちゃいちゃって、どこまでしていいんだ……

彼女を抱き締めながら、それが気になって仕方ない俺なのであった。

恋愛小説「エタニティブックス」の人気作を漫画化!
Mizu Aoi
漫画 蒼井みづ
Ayame Kaji
原作 加地アヤメ
EC
Eternity COMICS
誘惑トップ♥シークレット
今すぐ食べちゃいたいくらい未散が欲しいんだけどいい？
ああんっ
ぷはっ
秘密の社内恋愛なんだから気を引き締めていかなくちゃ!!
漫画 蒼井みづ
原作 加地アヤメ
誘惑トップ♥シークレット
クールな上司の濃密な指導!?
エタニティCOMICS
会社では絶対ナイショのラブストーリー！

6判　定価：本体640円+税　ISBN 978-4-434-25448-2

恋愛小説「エタニティブックス」の人気作を漫画化!
EC Eternity COMICS
無口な上司が本気になったら
漫画══渋谷百音子
原作══加地アヤメ
覚悟しといて
でもここもうこんなに濡れてるよ
やっあ……なんかおっきい……っ
イベント企画会社で働く二十八歳の佐羽(さわ)。恋よりちょっぴり仕事を優先する生活を送っていたら――同棲中の彼氏が出て行ってしまった！ 突然の出来事に佐羽は落ち込み、仕事もうまくいかなくなってしまう。しかしある日、憧れの元上司である暮林優弥(くればやしゆうや)から飲みに誘われる。彼は、佐羽が彼氏にフラれたことを知ると、普段の無口な態度を一変させ肉食モード全開で溺愛宣言してきて――？
B6判　定価：本体640円＋税　ISBN 978-4-434-26737-6
無口な上司が本気になったら
憧れ 上司の本性は 濃密オフィスラブ
エタニティCOMICS キケンな肉食系!?

EB エタニティ文庫

エタニティ文庫・赤

僧侶さまの恋わずらい　加地アヤメ

平凡な日常を愛する 29 歳独身の葛原花乃。このままおひとりさまもアリかと思っていたある日——出会ったばかりのイケメン僧侶から、まさかの求婚⁉　しかも色気全開でぐいぐい距離を詰められて？　油断ならない上品僧侶と一筋縄ではいかないマイペース娘の、極上ラブストーリー！

装丁イラスト／浅島ヨシユキ

エタニティ文庫・赤

ラブ・アクシデント　加地アヤメ

飲み会の翌朝、一人すっ裸でホテルにいた瑠衣。いたしてしまったのは確実なのに、何も覚えていない自分に頭を抱える。結局、相手が分からないまま悶々とした日々を過ごすハメに……。そんな中、同期のイケメンが急接近してきて⁉ まさか彼があの夜の相手？　それとも……？

装丁イラスト／日羽フミコ

※エタニティブックスは大人の女性のための恋愛小説レーベルです。ロゴマークの色で性描写の有無を判断することができます（赤・一定以上の性描写あり、ロゼ・性描写あり、白・性描写なし）。

詳しくは公式サイトにてご確認ください。
https://eternity.alphapolis.co.jp/

携帯サイトはこちらから！

エタニティ人気の12作品
アニメ化決定！
Eternity
エタニティ
深夜の濡恋ちゃんねる
NUREKOI
Sweet Love Story
2020年秋頃放送開始予定
TOKYO MXにて
通常版 TV放送 &
エタニティ公式サイトにて
デラックス♥版 WEB配信
詳しくはエタニティ公式サイトをご覧ください。
エタニティブックス 検索
https://eternity.alphapolis.co.jp/
アルファポリス

この作品に対する皆様のご意見・ご感想をお待ちしております。

おハガキ・お手紙は以下の宛先にお送りください。

【宛先】

〒150-6008 東京都渋谷区恵比寿 4-20-3 恵比寿ｶﾞｰﾃﾞﾝﾌﾟﾚｲｽﾀﾜｰ 8F
（株）アルファポリス　書籍感想係

メールフォームでのご意見・ご感想は右のＱＲコードから、
あるいは以下のワードで検索をかけてください。

ご感想はこちらから

お嬢様(じょうさま)は普通(ふつう)の人生(じんせい)を送(おく)ってみたい

加地アヤメ（かじ あやめ）

2020年 8月 31日初版発行

編集－本山由美・宮田可南子
編集長－太田鉄平
発行者－梶本雄介
発行所－株式会社アルファポリス
〒150-6008 東京都渋谷区恵比寿4-20-3 恵比寿ｶﾞｰﾃﾞﾝﾌﾟﾚｲｽﾀﾜｰ8F
TEL 03-6277-1601（営業）　03-6277-1602（編集）
URL https://www.alphapolis.co.jp/
発売元－株式会社星雲社（共同出版社・流通責任出版社）
〒112-0005 東京都文京区水道1-3-30
TEL 03-3868-3275
装丁イラスト－カトーナオ
装丁デザイン－ansyyqdesign
印刷－中央精版印刷株式会社

価格はカバーに表示されてあります。

落丁乱丁の場合はアルファポリスまでご連絡ください。

送料は小社負担でお取り替えします。


ISBN978-4-434-27769-6 C0093